AUSENCIAS

ExLibric

ISIDRO FERRER ABIZANDA

AUSENCIAS

EXLIBRIC
ANTEQUERA 2025

AUSENCIAS
© Isidro Ferrer Abizanda
Diseño de portada: Dpto. de Diseño Gráfico Exlibric

Iª edición

© ExLibric, 2025.

Editado por: ExLibric
c/ Cueva de Viera, 2, Local 3
Centro Negocios CADI
29200 Antequera (Málaga)
Teléfono: 952 70 60 04
Fax: 952 84 55 03
Correo electrónico: exlibric@exlibric.com
Internet: www.exlibric.com

ISBN: 979-13-87944-28-5
Depósito Legal: MA 1244-2025

Impresión: PODiPrint
Impreso en Andalucía – España

Nota de la editorial: ExLibric pertenece a Innovación y Cualificación S. L.

ISIDRO FERRER ABIZANDA

AUSENCIAS

Para N. S. L-R.

Ivo y yo

Écoute plus souvent
Les choses que les êtres,
La voix du feu s'entend,
Entends la voix de l'eau.
Écoute dans le vent
Le buisson en sanglots:
C'est le souffle des ancêtres.
Ceux qui sont morts ne sont jamais partis:
Ils sont dans l'ombre qui s'éclaire
Et dans l'ombre qui s'épaissit.
Les morts ne sont pas sous la terre:
Ils sont dans l'arbre qui frémit,
Ils sont dans le bois qui gémit,
Ils sont dans l'eau qui coule,
Ils sont dans l'eau qui dort,
Ils sont dans la case, ils sont dans la foule,
Les morts ne sont pas morts.
Leurres et lueurs. BIRAGO DIOP

(Senegal, 1906-1989)

De pequeños, nos encantaba el mar y la arena gruesa y blanca de la playa. Teníamos un barco de dos velas. Ivo era quien llevaba el timón y la vela mayor, y yo era la tripulante que controlaba el foque. Manejábamos las velas y el timón aprovechando la corriente del mar y las suaves ráfagas de viento en los días de calma; los vientos cambiaban de dirección a mediodía, de oeste o sudoeste, del mar al interior. Otros días, el viento podía ser fuerte; nos sentábamos en la borda de barlovento y nos suspendíamos sobre el mar para contrarrestar la inclinación del barco, los pies sujetos bajo unas cintas de lona entre las cuadernas. Las olas pegaban en la proa y salpicaban; el barco saltaba y parecía que voláramos sobre el agua.

En septiembre, llegaban los temporales de levante con fuertes marejadas acompañadas de lluvias. Toda la tranquilidad de los días soleados se transformaba en un ambiente amenazador con cielos grises, gran oleaje, aguaceros y aguas torrenciales, que bajaban por las rieras arrastrando hasta el mar todo lo que encontraban a su paso. Esos días, las barcas de los pescadores no salían a faenar; se remontaban con cuerdas y poleas hasta acercarlas a las vías del tren para ponerlas a salvo. Nosotros varábamos alejados de la orilla.

Ivo y yo también hacíamos buceo con máscara, tubo y aletas. Pocos años después, empezamos a practicar buceo con botellas en zonas rocosas de la costa y en las islas. Íbamos en una barca neumática con motor fueraborda, normalmente, solos los dos, otras veces con amigos. Tirábamos el ancla, colocábamos la boya que indica submarinistas en cercanía y descendíamos a una profundidad raramente mayor de treinta metros para poder permanecer más tiempo bajo el agua. El engorro de los trajes de neopreno, el chaleco, el peso de los plomos y de las botellas, el regulador y la sensación de torpeza con todo aquello encima desaparecían en cuanto entrabas en el agua y te dejabas llevar hacia el fondo. La paz aparecía cuando dejabas de preocuparte por la propia respiración. Podíamos ascender o descender unos metros controlando únicamente la cantidad de aire en los pulmones. Éramos como peces y por eso podíamos estar en su mundo sin que se sintieran molestados. Buceábamos cerca el uno del otro para ayudarnos en caso de necesidad; nos hacíamos la señal de todo correcto y seguíamos en unos viajes ingrávidos y silenciosos.

Ivo era atractivo y acogedor, lo que suponía una mezcla irresistible, en especial, cuando de pequeño no era consciente de ello. Durante la adolescencia, Ivo utilizó su encanto para impresionar y encandilar a otros, chicos y chicas. Yo no tenía celos; lo sentía fiel y leal. No me preocupaba con quién iba. Yo sentía que nunca se había ido de mi lado y esta creencia era lo único que importaba. Me gustaba cómo vestía, muchas veces de blanco con camisas de lino; pantalones claros de día, siempre elegante.

Al iniciar los estudios universitarios, fuimos a vivir cada uno por su lado. Yo vivía con otros estudiantes; Ivo tenía alquilado un apartamento para él solo. Ivo no avanzaba en sus estudios; le gustaba viajar y lo hacía durante semanas. Al regreso de sus viajes, si traía vestidos holgados, camisas de lino blanco y prendas finas de colores pálidos, sabía que había ido a Italia. También traía prendas de colores más vivos, túnicas, distintos abalorios y tipos diferentes de incienso. Había estado en la India. Tenía pipas, aunque casi siempre liaba sus propios cigarrillos, y fumaba una hierba excelente. Cuando iba a su piso, me admiraba la cantidad de música que coleccionaba en discos de vinilo y que se escuchaba maravillosamente a través de los cuatro altavoces de la sala principal.

Yo no quería juzgar el modo de vida de Ivo ni decirle cómo me apenaba que no hubieran prosperado sus estudios de los océanos y sus interacciones con la tierra y la atmósfera. La dedicación a las ciencias del mar parecía un objetivo esperable siguiendo la inclinación que Ivo había tenido desde siempre; sin embargo, este deseo no se veía cumplido. Por otra parte, Ivo tenía dinero, y yo ignoraba expresamente cómo lo obtenía.

Durante los últimos tiempos hicimos dos salidas de buceo nocturno y cinco o seis salidas de día. En el agua reaparecía nuestra complicidad y profundo cariño.

★★★★★

Al año siguiente, Ivo tuvo el accidente. Fue como si me partieran en dos, como si me amputaran medio cuerpo, como si yo también muriera. Pero, pasado un tiempo, notaba que Ivo seguía estando en mí, y yo compartía mi vida con él.

A veces, tenía sueños extraños que me inquietaban. Ivo y yo dábamos unos pasos largos tratando de mantener los dos pies en el aire. Notábamos éter bajo los pies al mover fuertemente los brazos extendidos lateralmente, como si fueran alas de aguiluchos al inicio del vuelo. Con algo más de esfuerzo, flotábamos por encima de los árboles. Después planeábamos dejándonos conducir por el viento sin apenas fricción, como cuando viajas en globo y casi parecía que no nos movíamos a pesar de que la sombra del globo corría sobre la tierra. Era muy placentero. Aunque no lo veía, sabía que Ivo volaba detrás y por encima; los colores eran tonos de azul, más oscuros en los perfiles de las montañas lejanas. Alargué la mano y noté que Ivo me acariciaba despacio y después noté una sensación larga, muy agradable en la espalda y en el cuello. Fue un placer en oleadas.

Otro sueño se repite. Unos amigos estamos sentados o estirados en unas losas planas junto al mar. Hace calor y se nota el olor de los pinos y el ruido de alguna cigarra en la tierra detrás de nosotros. El mar es azul, con destellos cegadores de plata; el agua moja con pequeñas olas el inicio de las losas. Alguien lleva un sombrero de paja y otro una gorra roja de punto con alero para cubrirse la calva enrojecida de todos los veranos. Algo más tarde, empieza a soplar una brisa desde el mar. Estoy estirada encima de las rocas con los ojos entornados detrás de las gafas de cristales oscuros para reducir el brillo del sol. Alguien comenta que Ivo lleva un tiempo fuera y que tarda en dar noticias.

El viaje no tenía un destino más preciso que el de encontrar algunas rutas nuevas para desarrollar sus negocios. Ya había recorrido parte de Centroamérica y sus islas atlánticas. Allí había grandes posibilidades y seguro que él sabría aprovecharlas. Alguien comenta que Ivo le ha enviado una carta en la que explica su recorrido. Revuelve en la bolsa de playa y encuentra un papel, pero no es la carta buscada. Yo sigo medio dormida las conversaciones, ahora ya más calmada al saber que alguien ha tenido noticias de mi hermano. Ha sido preocupante; en realidad, ha pasado demasiado tiempo, quizás desde el anterior verano, cuando nos encontrábamos también hablando de los viajes de Ivo en las mismas piedras en las que lo hacemos ahora. Todos van recogiendo sus cosas. Yo también, pero finalmente, siento que estoy en el agua con la máscara y el tubo para bucear, ayudándome con los movimientos lentos de las aletas largas, mirando el fondo y hacia ambos lados del mar.

También he soñado volar a ras de agua, o quizás fueran solo imágenes fijas de Ivo y yo mirando la tensión de las velas con el viento, el agua en la cara y el sol caliente en el cuerpo. El viento me roza y me hace temblar de gusto.

De niños, Ivo y yo teníamos juegos divertidos. En su habitación, nos buscábamos y contábamos pecas y lunares. Ivo jugaba con ventaja porque no tenía más que una en el antebrazo izquierdo. Yo era más pecosa; tenía pequeñas pecas en la nariz y en los brazos, y también un grupo de tres manchas medianas y cuatro más pequeñas algo por encima del pecho izquierdo. Repasábamos nuestros cuerpos; las pecas de mi pecho eran las Hespérides, un nombre que habíamos descubierto hojeando libros con mapas de las estrellas y de dibujos esquemáticos de las constelaciones.

En otro juego, Ivo se estiraba en la cama boca arriba y se bajaba los pantalones. Yo tenía que acertar con unos aros de plástico su pene tieso. Tenía diez jugadas. Si acertaba, yo podía hacer con él lo que quisiera; si fallaba, era él quien mandaba y tenía derecho a hacer conmigo lo que quisiera. De una manera u otra, el juego se alargaba y siempre encontrábamos gusto el uno con el otro.

De mayores, los juegos siguieron de varias formas, algunos voluntariamente perversos. Siempre eran inventos con finales dichosos. De pequeños, mi padre nos pilló dos veces y mi madre, una, en la habitación de Ivo y en la mía. Cerraron la puerta y no nos hicieron ningún comentario. Desde entonces, fuimos más precavidos.

Nuestros entretenimientos eran una parte de un universo mucho más amplio de aficiones: el mar, la vela, el buceo, la música, la lectura y algunas salidas juntos. Igualmente, no era una relación en absoluto exclusiva; cada uno hacía su vida con normalidad; cada uno tuvo sus alegrías y sus penas durante la adolescencia y juventud. Nuestros juegos eran un componente más de nuestra naturaleza compartida inquieta y gozosa.

En un sueño, un murciélago subió al acantilado y se lanzó al mar. El estrépito del agua asustó a un banco de peces; un cormorán alzó el cuello y salió volando, rasando el agua; las gaviotas se detuvieron en el aire y se dejaron llevar por las corrientes para ver mejor lo que ocurría allí abajo. El murciélago no se ahogó; pronto apareció su cabeza confundida entre las olas. Un topillo se acercó al acantilado y llamó al murciélago. Cuando se acercó, le tomó las manos.

En otro sueño, el murciélago estaba en la rama de un pino piñonero y oyó unos leves ruidos de tierra y hojas. El topillo estaba cavando en la tierra con los nudillos desnudos. Bajó volando del árbol y vio que el topillo tenía el cuerpo medio enterrado. Le dijo: «Sal de ahí, es primavera», y se marcharon juntos.

En otra ocasión, el murciélago volaba entre las plantas de romero y de tomillo; se acercó a un olivo que tenía siete pequeñas pecas en el pecho, y supo de quién se trataba. Después, vio el vuelo perfecto de una gaviota que planeaba casi sin mover las alas; tenía unas pequeñas manchas en el pico. Enseguida supo quién era. En algunos sueños, el murciélago aparecía impaciente buscando a alguien ausente. En otra ocasión, el murciélago tenía las orejas torcidas y la cabeza dentro del cáliz dulce y abierto de un pecoso crocus.

Eran sueños extraños. No sé la razón, pero Ivo aparecía como un murciélago, o quizás solo fuera el deslizarse del murciélago que sortea cualquier obstáculo mientras vuela de noche. Cuando tenía la cabeza entre mis piernas, su cabello era suave y su delicadeza apacible y muy hermosa.

Otras veces fantaseaba con un mundo particular y exclusivo. Yo le decía: «Ivo, puedes volar por la noche, sorteando los árboles, buscando insectos. Cuando quieras, te dejaré mi cuello para que te alimentes de mí. Con mis dedos, te acariciaré la nuca peluda mientras me consume el ansia. Por la mañana, te veré transformado, con el abdomen a rayas amarillas y negras, moviendo las patas largas, y serás la araña que come un escorpión atrapado en la red. Pero también verás doblarse mi cuerpo ágil; te clavaré el aguijón de mi cola y yo también comeré de ti». En mi imaginación, yo le sonreía y le mordía una oreja.

Todas las historias y los sueños hablan de mi hermano Ivo y de mí, y del vacío que dejó su ausencia. Ivo ha sido la persona que mejor me ha conocido en cada centímetro de mi cuerpo y de mi alma. Yo soy la persona que ha recorrido cada centímetro de su cuerpo y de su alma. El recuerdo de Ivo está en el agua, está en el mar, está en los árboles, está en el viento; siempre estará conmigo y yo estaré con él para siempre. Ivo es lo que más he amado; no me cansaré de sentirlo como lo más amado que he amado hasta ahora en la vida. Pero, Ivo, como lo he conocido, ya no está entre nosotros.

NOTA

Escucha más a menudo
A las cosas que a los seres,
La voz del fuego que se escucha,
Escucha la voz del agua
Escucha en el viento
Al zarzal sollozando:

Es el soplo de los ancestros

Aquellos que han muerto no se han ido nunca
Están en la sombra que se alumbra
Y en la sombra que se espesa,
Los muertos no están bajo la tierra,
Están en el árbol que se estremece,
Están en el agua que corre,
Están en el agua que duerme,
Están en la cabaña, están en la multitud,
Los muertos no están muertos.

Señuelos y destellos. Birago Diop
(Senegal, 1906-1989)

La losa

Cuando tú disfrutas,
la paz va hacia ti.
Cuando oyes cantar a los pájaros,
la paz va hacia ti.
Cuando ves peces nadar en aguas claras,
la paz va hacia ti.
Cuando oyes reír a los niños,
la paz va hacia ti.
Y cuando tú tarareas mientras caminas por el bosque,
la paz va hacia ti.
Y cuando te sientas en silencio mirando el amanecer y la puesta de sol,
escuchando cómo cantan las olas,
entonces, la paz va hacia ti.
Deja que la paz fluya hacia ti de diferentes maneras,
deja que la paz esté con todos nosotros.
ING-ON VIBULHAN-WATTS, 2010

Ha llovido de una manera torrencial durante varios días después de una primavera y un verano secos y muy calurosos. Las flores de los olivos salieron en su momento, pero poco después murieron por las altas temperaturas y la falta de agua. Este año, los árboles han notado la sequía. Había pequeñas ramas muertas y las hojas parecía que hubieran empequeñecido; no ha habido olivas. Este verano, las hojas no tienen el color verde brillante y plateado cuando el sol aprieta y el viento del norte ulula y mueve ferozmente las ramas.

Las lluvias de otoño han formado torrentes en el campo y algunas paredes de piedra seca que sustentan los bancales se han desmoronado para dar salida al agua; tendré que reparar los muros de piedra seca para que los daños no sean mayores.

En años anteriores, una vía de agua inundó la barraca; tuve que abrir una zanja y construir un murito lateral para desviar las torrenteras que se producirían más pronto o más tarde, e hice perforar un túnel de drenaje en el bancal que se abría al nivel inmediatamente inferior. El sistema ha funcionado; no ha habido otras inundaciones en el interior de la vivienda.

Este año, después de las intensas lluvias, el agua descubrió en el bancal inferior una losa plana que estaba previamente cubierta por piedras. La piedra plana era en realidad el trozo visible de una pila cuya oquedad quedaba enterrada. Tampoco era exactamente una piedra plana, ya que tenía rugosidades que no habían necesitado de mayor pulidez por ser la parte oculta de un fregadero en su posición original de uso. La pila debía de tener unos 40 cm de altura, unos 60 de profundidad y casi 1,5 m de longitud. El día que la vi estaba solo como siempre. Cavé alrededor para hacer espacio y ver de qué se trataba el hallazgo; una vez llegado a la conclusión de que era una pila antigua de piedra, no pude moverla. La edad pasa factura y esto ya lo noté con la construcción del murito y la reconstrucción de los bancales con muros de piedra seca. Aquí las piedras son de tamaños variados, algunas muy pesadas; el trabajo con las piedras y los pesos me dejó agotado. Antes no, pero ahora noto que me falta el aire y tengo que interrumpir mi tarea mareado y con el cuerpo bañado en sudor.

Tres días más tarde, volví con ayuda para levantar la piedra plana. Resultó no ser exactamente una pila de lavar; parecía un fregadero sin desagüe, una pieza rara. Pero lo más sorprendente era que la piedra parecía tapar restos óseos cubiertos de tierra. Fuimos extrayendo la tierra lentamente, con cuidado de no dañar los huesos y no cambiarlos de posición; fue una labor de arqueólogos. Se veía el cuerpo, o mejor, los restos del esqueleto de una persona, con los brazos y piernas troceados; también el cuerpo que parecía haber sido cortado a pequeños trozos con una sierra, a juzgar por los bordes de los cortes, diferentes a los que se producen al cortar con un hacha. El cráneo, este sí, había sido fragmentado con un hacha. No había restos de tela o de piel o de carne seca.

No sabiendo qué hacer, cubrimos el lugar con la tela de plástico negro que se utiliza para cubrir las balas de paja o la leña para reducir la humedad y el daño del invierno; luego, afianzamos el terreno con piedras en la periferia del plástico.

Los peones aseguraron no haber estado allí y se marcharon con el acuerdo de mantener el descubrimiento en secreto. Además, no tenían el mínimo interés en verse involucrados en el hallazgo de unos restos humanos. Y las razones que tenían para guardar silencio eran de peso: eran peones temporeros que trabajaban en las faenas con unos salarios mínimos y unas condiciones precarias. Este año, sin olivas que recoger, no contarán con demasiados recursos.

En fin, les di unos billetes por su ayuda y marcharon sin decir nada más. En pocos días podaremos los olivos resecos para favorecer su regeneración y facilitar una temporada mejor el próximo año.

★★★★★

Por la noche, desde el interior de la casa, escuché un siseo fuerte y chirriante, y otros sonidos extraños como gemidos o aullidos. Pensé que una lechuza sería la causa más probable en el entorno en el que me encontraba. También pensé que podía ser un ululato ritual, algo relacionado con el hallazgo bajo la piedra plana; quizás era un canto de alegría, o de boda, o de luto. Me quedé dormido divagando sobre el origen de los sonidos.

Al día siguiente fui a ver la tumba; retiré las piedras y levanté el plástico. Ya no estaban los restos; en su lugar había dos mitades de un esqueleto de jabalí, una cabeza con pelo que continuaba con la piel peluda del cuerpo y de las patas cubriendo los huesos a modo de una mantita con capucha. Sin lugar a duda, eran huesos de este animal; la cabeza muy descarnada era característica y los fuertes colmillos también. Una de las patas delanteras estaba fracturada por algún instrumento que la había atrapado y machacado; había esquirlas; parecían lesiones de un cepo de hierro. No sabía qué pensar y cubrí de nuevo los restos con el mismo plástico, fijándolo con piedras alrededor.

Tenía que podar las ramas secas de los olivos y cortar los chupones para que los olivos crecieran en condiciones óptimas la siguiente estación. Estuve con los peones tres días y amontonamos las ramas para quemarlas cuando fuera el momento. Hace dos años hubo una invasión de moscas de la oliva que pican el fruto, dejan los huevos y allí crecen las larvas. La utilización de trampas para la mosca no surtió ningún efecto y la cosecha fue pobre. Aunque las olivas picadas podía utilizarlas para hacer aceite, el producto no es de buena calidad. Por otra parte, las olivas picadas no pueden aprovecharse como aceitunas de mesa. Estos factores se sumaron a la sequía y arruinaron la cosecha.

Pues bien, este año, además de la sequedad de los olivos, los almendros han sufrido dos plagas que han destruido los frutos; tampoco ha habido almendras. Para colmo, las higueras se han infectado con la mosca del higo, que ataca tan pronto como los higos son pequeños, los ennegrece y seca, y caen del árbol. Había mucho trabajo por hacer además de la poda; era preciso utilizar plaguicidas para evitar nuevos desastres. A pesar de la propaganda, los métodos ecológicos para el tratamiento de plagas resultan, en mi experiencia, caros e ineficaces. Los únicos árboles que resistieron fueron los algarrobos; la producción de algarrobas fue abundante y esta suerte me permitirá pagar la recogida de las algarrobas, que siempre se hace antes de la oliva. Afortunadamente, esto ha servido para mantener la confianza de los peones, todos ellos extranjeros. Cuando desaparecen, no sé dónde están sus casas, aunque he intentado preguntarlo; nos comunicamos por teléfono, siempre encuentro cobertura.

Durante los días de trabajo no he vuelto a preocuparme por la tumba. Hoy, al levantar el plástico donde antes estaba la pila, los huesos de jabalí ya no estaban; en su lugar había muchos esqueletos de estorninos que formaban una pequeña bandada. La tierra y los pájaros los vi hermosos con la luz del amanecer. El hallazgo no tenía sentido. No tenía ni idea de lo que podía haber ocurrido; nadie, excepto los peones, había acudido al campo; tampoco había tenido visitantes visibles, aunque no podía dejar de pensar que alguien pudiera haber perdido el tiempo haciendo bromas extrañas por la noche mientras yo dormía.

Por la mañana bajé a comprar a la ciudad; al regresar a casa, encontré un búho muerto junto a uno de los depósitos de agua. Al abrir la puerta de casa vi el suelo de la entrada tapizado con esqueletos de estorninos formando una pequeña bandada. Intenté contener los nervios y fui a explorar las habitaciones. Encima de mi cama dormían las dos mitades del esqueleto de jabalí, igualmente cubierto con los restos de su cabeza y la piel peluda cubriéndolo, en parte, preservando su intimidad. No había nada de especial en los cajones superiores de la cómoda, pero en el inferior había restos óseos humanos, iguales a los encontrados el primer día debajo de la losa.

Salí corriendo de la casa y me dirigí hacia el osario del campo. Retiré las piedras y el plástico. No había huesos, solo unos gusanos gordos como el dedo meñique que se erguían y comenzaban a reír de un modo lúgubre. En una rama de un árbol cercano, una lechuza miraba atentamente un conejo degollado que yacía en el suelo cubierto de moscas zumbonas. Aquel tampoco fue un buen día.

Tiempo atrás tuve alucinaciones. Las lechuzas que me observan durante el día son frecuentes. Siempre aparece una lechuza sola en la rama de algún árbol; las lechuzas son diferentes de un día para otro; aunque todas son cabezonas y sus ojos redondos siempre están atentos, el tamaño y el plumaje son variados; sinceramente, me hacen compañía. Hilario me ha comentado que aquí no hay lechuzas, son mochuelos. Es igual, no vale la pena discutir con él; no razona, solo da definiciones.

Además, tuve visiones extrañas cuando me pareció que las cabras salían de su bien armado corral y se desperdigaban por el campo sin prever el peligro que suponía esta libertad en una región donde abundan los zorros y los gatos salvajes. Las imágenes de las cabras perseguidas y cazadas por los depredadores, y la angustia se repetían en bucles sin poderlas apartar; duraron casi una semana.

Hacía casi un mes que no veía a nadie y tampoco bajaba a la ciudad. Estaba construyendo el gallinero con doble tela metálica empotrada en la tierra, con doble techo de entramado y una cubierta de un plástico ondulado tratado para ser usado en exteriores. El gallinero tenía varios espacios para poder separar las gallinas y el gallo, según hiciera falta. Ahora estaba con las habitaciones de madera, los travesaños y los ponederos. Cuatro días más tarde estaba todo a punto: el suelo mezclado con tierra no tan ácida, los sacos de pienso y los bebederos que había comprado previamente en la cooperativa.

Finalmente, monté en la camioneta y fui a recoger los animales: dos docenas de gallinas y un portentoso gallo de raza catalana del Prat.

Una vez que las aves estuvieron en el gallinero, reparé en la ausencia de alucinaciones y de pensamientos repetitivos. Quizás había sido la tranquilidad de ver y hablar con otra gente en la granja donde adquirí las gallinas, y en la cooperativa, lo que me había curado. No lo sé. Tan solo puedo asegurar que la angustia y el delirio indican que algo en la cabeza no va bien y se ha de buscar ayuda.

Sin embargo, tampoco acudí a nadie cuando, en entrevela, soñé varias noches que los huevos que transportaba en una cesta caían y se rompían; no eran cuatro ni media docena; eran muchas yemas en el suelo y cantidades de clara viscosa resbalando desde la cesta. Me pringaba intentando minimizar aquella desgracia, procurando poner de nuevo la clara en las cáscaras rotas.

★★★★★

Mi vecino Hilario me ha visto nervioso, aunque no le he contado nada relacionado con las apariciones. Me ha invitado a cazar el jabalí con él y los perros a primera hora de la mañana, a la salida del sol, en el monte más arriba de nuestras tierras; era todavía oscuro cuando nos hemos encontrado y nos hemos dirigido con la camioneta y mis perros por caminos estrechos hasta el llano de la fuente de la santa. Al salir de la camioneta, nos hemos abrigado porque, avanzado ya el otoño, hacía frío; mientras, los perros correteaban olisqueando el aire que subía al monte entre las matas salpicadas de plantas de romero, jaras y espinos. Nos adentramos en el matorral denso en los márgenes del arbolado de encinas y algunos pinos.

Hilario me ha hablado, como si yo lo desconociera, del poco tiempo pasado en el que se cazaban los animales con cepos en los campos para evitar los destrozos al excavar la tierra con las patas y el hocico. Las trampas estaban clavadas en el suelo con largos puntales unidos a unas cadenas y se cubrían con frutas fermentadas y hojas. Al pisar la trampa, el cepo de hierro se cerraba y atrapaba una pata o el hocico del jabalí. El animal herido gruñía rabiosamente y peleaba durante horas si no era abatido a garrotazos en una lucha peligrosa. Si el animal se soltaba y corría hacia ti, te alcanzaría con seguridad y podías considerarte malherido o muerto. En realidad, lo que Hilario ha dicho escuetamente es que antes se cazaban jabalíes con trampas de hierro. Las jaulas trampa aparecieron más tarde con la finalidad de atrapar animales vivos; aquí nunca se utilizaron; a la gente le gusta cazar de verdad. A Hilario no le sale dar lecciones en una sola frase.

Caminábamos siguiendo a los perros con las escopetas cargadas con cartuchos de doce perdigones. Los perros se detuvieron y comenzaron a ladrar frente a un matorral; saltó un jabalí, enfrentándose a los perros y, luego, pasando entre ellos a toda carrera por campo abierto. Hilario disparó dos veces y el animal cayó herido entre bramidos. Volvió a cargar y se acercó con rabia por haber hecho un mal tiro; más cerca, le disparó al corazón, y allí acabó el primer jabalí que desprendía un fuerte olor a almizcle resultado de la rabia y del miedo. Se nos escapó el segundo, pero el tercero se quedó tieso entre la hierba alta; lo tumbé de un tiro detrás del hombro de la pezuña delantera; no soltó ni un guarrido.

Eran animales no muy grandes, un macho de unos 65 kg y una hembra de unos 50 kg. En temporada de caza no era extraño oír disparos, pero nuestra intención estaba lejos de cumplimentar licencias.

Nos organizamos rápidamente. Me tendí en la tierra boca arriba sobre mi jabalí tumbado de espalda, le até las pezuñas delanteras sobre mi pecho, di la vuelta con el jabalí encima, me levanté primero de cuatro patas y después lentamente hasta ponerme en pie. Con el animal cargado fuimos hasta el lugar donde se encontraba el puerco abatido por Hilario. Él hizo la misma maniobra, solo que su pieza, el macho, era más pesada. Cargados llegamos a la furgoneta, colocamos los jabalíes atrás y los cubrimos con una manta.

Durante la caminata noté falta de aire, tos como de bronquitis y dolor en el estómago. Ya en el coche me encontré mejor y me olvidé de la fatiga. Llegamos a la cabaña poco después del mediodía; hacía calor, nos lavamos y comimos.

A primera hora de la tarde, bajamos por los bancales a la zona más baja del campo que da al barranco y que queda más oculta

de la vista de los vecinos. Colgamos mi jabalí por las patas traseras a un madero atado entre dos ramas fuertes de un algarrobo,
cortamos la piel de las patas traseras y delanteras, cortamos las
pezuñas delanteras y las tiramos a los perros. Luego, despellejamos
el cuerpo desde la cola hasta el cuello; con un hacha cortamos el
cuello por encima de la tajadura de la piel del lomo; separamos
la cabeza y la piel y las llevamos a una distancia para que las co-
mieran los perros. Olía a sangre que goteaba desde el cuello y a
grasa. Evisceramos desde la cola hacia abajo, empezando por el
recto, el útero, el intestino, los riñones, el estómago y, en el mismo
paquete, los pulmones y el corazón y tiramos el paquete de todas
las vísceras para los perros. Tomamos unos trozos del músculo
del diafragma para poder realizar análisis de triquina. Después de
cortar por la mitad la columna vertebral de arriba abajo, quedaron
las dos piezas limpias y la herida del disparo bien visible.

Hilario hizo lo mismo con su macho y yo lo ayudé. Además
de la herida sobre el hombro izquierdo, tenía otro disparo en el
lomo; uno de los primeros disparos no había dado en el jabalí.
Hilario se cabreó otra vez al reconocer el fallo.

Terminamos al atardecer. El sol se ponía entre rojos, naranjas
y rosas del cielo, y azules, morados y grises de los montes cercanos. Subimos las piezas a mi camioneta y, una vez en el área
abierta frente a la barraca, Hilario agarró su jabalí, lo subió a su
camioneta y marchó hacia su casa. Estábamos agotados, queríamos descansar y no nos dijimos más que las buenas noches.
Puse mi jabalí a resguardo, colgadas las dos partes en un madero
en el cobertizo cerrado; lavé los cuchillos y el hacha. Me quedé
un rato mirando los árboles y el cielo iluminado por una uña
de luna decreciente. Escuché una lechuza. Di una vuelta por el

campo y escuché unos maullidos como de ginetas o de gatos apareándose. Me gusta pasear por la noche por el campo, sin hacer ruido, y escuchar sonidos de animales y de las hojas movidas por el viento, murmullos y, alguna rara vez, siluetas de jabalíes o de gatos que vienen a merodear cerca de los corrales o al lado de la casa. Me metí en la casa y me lavé de nuevo para sacar todo el olor a sudor y a muerto.

Por la mañana, abrí la puerta del cobertizo y me sorprendió encontrar las piezas colgadas en el madero muy separadas la una de la otra y no una junto a la otra como yo las había dejado la noche anterior. Escuché murmullos y voces a mi espalda, pero al salir del cobertizo no había nadie. No me preocupó demasiado; en otras ocasiones y más recientemente oía voces y ruidos de animales moviéndose o de pájaros. Saqué las dos piezas del jabalí y empecé el despiece separando los jamones, las paletillas, el lomo alto, el lomo bajo, el solomillo, las costillas y trozos del cuello. Los empaqueté por separado y enterré el esqueleto junto a las cabezas en un bancal de abajo del campo, cerca del lugar donde habíamos eviscerado los jabalíes. Los perros habían comido y algún otro animal también. Estaba terminando cuando sonaron unos bocinazos a la entrada del campo. Era Hilario, que venía a celebrar la caza del día anterior.

Bajó de la camioneta con un conejo suspendido por las orejas y las patas atadas con un cordel basto.

Agarró el conejo por las patas traseras y con un cuchillo afilado le dio un corte profundo en el cuello. Salió un chorro seguido de un goteo de sangre al suelo. Una vez desangrado, lo despellejamos, lo abrimos en canal y guardamos las vísceras para los perros que ya lamían los restos de sangre sobre las piedras.

Encendimos el fuego del asador, esperamos a que se formaran brasas y asamos el conejo entero atravesado por un palo a lo largo del cuerpo, mientras preparábamos la mesa, cortábamos el pan y celebrábamos la jornada con varios vasos de vino tinto y amargo, cosecha de unos conocidos en su viñedo sobre las terrazas al otro lado del valle. Hilario se comió el hígado; a mí no me gustan las vísceras.

Separé un solomillo y un jamón para cocinarlos en casa y envolví cada uno de los otros trozos con papel de aluminio. Por la tarde, bajamos a la ciudad, fuimos a Azúcar de Caña. Pastelería La Habana, desde 1878, donde tengo un arcón congelador que alcanza -20 °C, en el que he congelado el jabalí para ir consumiéndolo a la medida que me venga en gana. He llevado las muestras de músculo del diafragma a un laboratorio privado para que confirmen la ausencia de larvas del gusano de la triquina. Regresamos a casa; Hilario se despidió y partió con su camioneta hacia su terreno. No me dijo lo que haría con su jabalí, pero me sorprendió que no hiciera, cuanto menos, la prueba de las larvas del maldito gusano.

★★★★★

Después ocurrieron sucesos impensables que todavía empeoraron las turbulencias que pasaban por mi cabeza. No entendía si mis visiones eran recuerdos de hechos pasados o premoniciones de algo que iba a ocurrir, o incluso delirios sin algún origen determinado, lo que hubiera sido el escenario peor.

Unos días más tarde de la caza con Hilario, pensé en hacer un viaje largo, el primero de mi vida, el único que me separaría por unos días de mi campo y de mi dedicación diaria en más de veinte años. Pero para entender el destino de mi viaje, es preciso que retroceda a la evocación de mis padres y de la pastelería.

La pastelería Azúcar de Caña fue montada por los padres de mis tatarabuelos indianos que tenían negocios de caña de azúcar al sur de La Habana, al noroeste de la isla de Cuba, cuando desearon atravesar definitivamente el océano y establecerse en nuestra ciudad. Aquí construyeron una hermosa casa, adquirieron tierras cerca del río para plantar frutales y unas fincas de secano en el monte, con ochocientos olivos, un centenar de algarrobos, varias decenas de almendros y ocho higueras, localizados en varios bancales. Era gente rica, formaban una de las familias más respetadas de la ciudad. Tenían buenos modales, pagaban bien a los jornaleros en los campos de riego y los de secano; también llevaron la pastelería a un punto de prestigio reconocido en toda la comarca y más allá. El hecho de regresar desde lugares remotos, legendarios, complementado con sus impolutos trajes y camisas blancos de hilo en verano y la cabeza cubierta con *pamelas* las mujeres y con sombreros tipo Panamá los hombres, les daba un estatus moderno y exitoso.

La fortuna continuó con mis bisabuelos, mis abuelos y mis padres.

A mí no me gustaba la vida en la ciudad y la pastelería; tampoco los negocios de participación de mi familia en la cooperativa y en la almazara que habían adquirido en la época de mis abuelos. Después de un tiempo de dudas, pedí a mis padres trasladarme a vivir en la finca de secano, cuidando el olivar y comprometiéndome a construir una granja para criar cabras y gallinas. A mi familia no le gustó la elección porque malograba por completo mis años de estudios en la universidad, que, por otra parte, no había conseguido terminar.

Así que llevo veintidós años viviendo en la barraca con un inicio lento y dificultoso. La barraca era una pequeña construcción rectangular con techo único inclinado que se utilizaba como lugar de trabajo del campo. La cisterna era pequeña y no había baño.

El primer invierno estuve a punto de desistir por el frío que venía del aire y la humedad que ascendía de la tierra. En aquel primer año hice perforar dos pozos para conseguir agua subterránea; cada día se avanzaba un poco en aquel terreno lleno de piedras y grandes rocas, pero los augurios del zahorí no se cumplieron en el pozo grande y tampoco en el pequeño, algo menos de la mitad de profundo. Tuve que modificar los planes: construir una cisterna mayor, ampliar la casa de modo que tuviera una cocina y sala comedor, dos habitaciones, un baño, un cuarto de herramientas y un altillo amplio. La cocina, el calentador y la nevera funcionaban con bombonas de gas. El calor lo conseguía con una estufa de hierro colado en la sala; la leña quemaba bien y el tiro era fácil incluso en los días de viento extremo del norte. Las aguas residuales se conducían a un pozo negro construido a unos 20 metros en la terraza inferior a la de la casa. Con el tiempo, construí dos cobertizos en el bancal inmediatamente superior al de la casa, y una pérgola y un tejado sobre ocho soportes de madera, en el mismo nivel de la casa, para resguardar la furgoneta que después substituí por la actual camioneta, más grande y potente. También hice transportar un contenedor de barco para los utensilios de campo y para la leñera cubierta; lo pinté de rojo carruaje, al igual que los tejados inclinados de los cobertizos y de la pérgola.

Todavía no tenía animales, salvo los dos perros, Paco y Lluvia, que tuvieron ocho cachorros de los que sobrevivieron seis. Transcurrida la lactancia, esterilicé a Lluvia. El fuego de la estufa me ha acompañado en las largas noches de invierno; me quedo mirando las llamas que tienen movimientos únicos y fugaces, y el crepitar de la leña quemada.

Hace seis años instalé placas solares y dejé de utilizar los quinqués y las velas, puse una alarma de seguridad para evitar robos y ocupaciones y coloqué internet. El cambio fue increíble. Avancé en comodidades muchos años; tenía luz y nevera eléctrica, estaba conectado con el mundo, mirando noticias y viendo vídeos; me bajé juegos y establecí un contacto regular con la ciudad y con Hilario. Todo ello fue posible al recibir la herencia de mis padres; conservé la casa familiar, pero vendí las huertas cerca del río; no más naranjas ni mandarinas; se acabaron los caquis y las peras. Me subí los dos perros de mis padres, Leo y Rumba, a la barraca; se adaptaron muy bien con los míos. Los diez perros han sido la compañía más generosa; siento que me quieren y que yo los quiero como a nadie en el mundo. Podría vivir con menos; es un trabajo cuidar de ellos, pero no los cambiaría por nada.

Durante la gestación de Lluvia, pasé ratos muy malos; soñé durante unas semanas que morían dos cachorros y yo no podía hacer nada por evitarlo; corría hacia ellos, pero uno parecía ahorcado por una cuerda o un cordón que salía de la madre y el otro nació raquítico y no superó su fragilidad a pesar de hacerle respiración artificial. Aquellos sueños fueron una premonición de lo que sucedería a las pocas semanas.

Vallé la finca en todo el perímetro, excepto la zona del barranco y el límite con el bosque y el matorral. Hablaba con los

obreros de origen rumano, los ayudaba con las obras y frecuentemente comíamos juntos. Fueron unos días muy agradables en su
compañía; eran rudos y de pocas palabras conmigo, pero hablaban
y reían entre ellos cuando lo hacían en su idioma.

Cuando terminaron de vallar el campo, me enseñaron unos
regalos: dos columnas de piedras asentadas una sobre la otra a
ambos lados de la puerta de entrada a la cancela, una rana de
piedra sobre unas losas junto al banco cerca de la entrada de la
casa y un muñeco en forma de búho que ladeaba la cabeza con el
viento y con cualquier movimiento. Rieron entre ellos, cobraron,
nos dimos la mano y dijeron, ya seriamente, que con los últimos
detalles la casa estaba protegida.

Cuando Hilario vio aquellos obsequios, quedó pasmado. Él
tenía como protección únicamente unos trozos de tela de color
colgados en las ramas de algunos árboles. Eran telas de color azul
oscuro, rojo o blanco. Seguro que funcionaban porque nunca
nadie había entrado a robar olivas ni algarrobas en sus campos, a
pesar de que él vivía en el pueblo del valle a tres kilómetros de
distancia. Sin embargo, la mirada con la que observó los objetos
desprendía unos celos imposibles de detener.

★★★★★

Por mis antecedentes cubanos, decidí viajar a Cuba para calmar
los nervios y tomar unos días de vacaciones en el país de los
padres de mis tatarabuelos y conocer el lugar donde hicieron
fortuna. Hilario se encargó de cuidar a los perros, las cabras y
las gallinas; solamente serán siete días, le dije. Me pidió el co-
bro de una gallina, riendo; en realidad, este era el precio que

ponía y yo le di una que era mala ponedora; sabía que Hilario la quería para comer.

Estuve en La Habana; fui hacia el sur, a Jagüey, desde donde alcancé la granja de los cocodrilos y embarqué en un pequeño bote hasta la Laguna del Tesoro. Las carreteras eran tremendas; pasaban animales, coches, motocicletas y personas, y en algunas rectas se extendían cañas y hierbas a secar sobre el asfalto. Compraba la gasolina sobre el terreno en puestos donde se vendía en botellas de plástico.

A lo largo de la carretera aparecían plantaciones de caña; visité un ingenio azucarero; compré ron, azúcar y puros para regalar a mi vuelta al personal de la pastelería y a Hilario.

Mientras conducía, imaginé a mis antecesores emigrantes a Cuba y a sus descendientes inmigrantes a su país de origen una vez enriquecidos. Debieron de pasar penalidades al principio, pero después con la insustituible explotación de los esclavos pudieron hacer una gran fortuna. Compré otras tres botellas de ron para los peones de la finca. En fin, el viaje se me hizo largo y algo aburrido. Pisar la tierra de mis tatarabuelos no me aportó nada especial. Deseaba volver a estar en mi casa.

Desde el aeropuerto tomé un tren hasta la ciudad donde había dejado aparcada la camioneta. Me apetecía saber que nadie conocía el día de regreso del viaje. Quería estar un par de días solo, sin avisar siquiera a Hilario; seguro que los animales estaban bien; no tenía de qué preocuparme.

De regreso a casa, vi la puerta de la cerca abierta y una persona que deambulaba delante de la puerta entornada de la barraca. Seguí adelante por la carretera, aparqué la camioneta en un recodo y descendí hasta el portón de la finca. Alguien se había colado en mi casa. Me sentí robado, humillado; alguien había violado mi casa. En un momento en que el hombre fue hacia el interior, corrí hacia el cobertizo donde guardo las herramientas del campo, tomé un hacha mediana bien afilada y un cuchillo de caza. Me acerqué a la casa y salió un hombre moreno, no negro, malcarado, de cabello oscuro, desaliñado, y cara amenazadora. Era bastante más joven que yo, ágil por los rápidos movimientos y saltos a un lado y al otro, sin apartar su mirada de la mía. Dijo que saliera de su casa inmediatamente ya que era una propiedad privada, blandiendo un rastrillo mientras se aproximaba muy cerca.

Hizo amago de dos golpes para asustarme; uno pasó muy cerca de mi brazo izquierdo. Me abalancé sobre él y le lancé el cuchillo; bajó la mirada, sorprendido por la herida profunda en el muslo.

En unos segundos, le clavé el hacha en el hombro; el hueso de la clavícula y las costillas altas cedieron con un crujido. Brotó mucha sangre y el hombre cayó al suelo gimiendo y haciendo movimientos asertivos con el cuerpo y los brazos; decía: «¡Dios! ¡Dios!», mientras se ahogaba. Lo arrastré hasta la parte de atrás de la barraca que quedaba escondida a la vista de cualquiera y lo empujé hacia la tierra para que no manchara el piso de terrazo.

Mientras se desangraba sin ninguna posibilidad de recuperación, volví hacia la entrada de la barraca y entré. El muy hijo de puta lo había revuelto todo, ocupado mi cama y mi habitación, y había dejado toda mi ropa amontonada en el cuarto trastero. La cocina estaba desordenada, sucia, con varios cascos de mi cerveza esparcidos por la cocina y la sala que hacía de comedor y de lugar de descanso; el baño estaba sucio con su mierda. Me dio rabia por el destrozo que él había hecho y por el mal que me había llevado a hacer con su ocupación y robo de mi casa. Lo maldije mil veces, conmocionado por la enormidad del hecho de haber matado a un hombre; también estaba desconcertado por no saber qué hacer.

Me pregunté cómo había podido entrar tan impunemente; la puerta de la verja tenía un candado que era vulnerable si alguien decidía entrar, pero la casa tenía una alarma que al parecer no había funcionado. Subí al tejado, rodeé los paneles solares y encontré cortados los cables de la alarma y del internet. Además, el muy hijo de puta había roto tres tejas al pisar sobre ellas sin cuidado. Había excrementos de zorro, pensé, en dos canales y me pregunté sobre las posibles razones que tendría un animal para subir al tejado y ponerse a cagar. En cualquier caso, aquella no era la primera vez. Mientras estaba en lo alto, me fijé más atentamente en las cagarrutas y deduje que no eran de zorro sino de gineta; las ginetas comen insectos, pequeños mamíferos y salamanquesas. Mi casa está llena de salamanquesas y me encanta tenerlas; a veces hay pequeños cilindros de heces de estos animales en las paredes y en el suelo de la casa. Me pareció razonable por parte de las ginetas subir al tejado para cazar salamanquesas: misterio resuelto. Aquella revelación me tranquilizó y permitió que pensara más calmado en que debería avisar a los técnicos para que repararan los cables cortados.

También me llamó la atención encontrar los perros sueltos por la finca sin que hubieran sentido ninguna sorpresa y menos aún que no atacaran al okupa. Debían de estar por las terrazas de abajo porque en unos instantes aparecieron corriendo, ladrando y echándose encima con las patas en mi pecho. El recibimiento de los perros me hizo sentir de nuevo en mi casa.

Me senté en una de las sillas de la pérgola, encendí un cigarrillo, lo sostuve entre los dedos mientras pensaba que debía limpiar la sangre frente a la puerta de casa; era una prueba de que allí había ocurrido algo grave.

Estuve dando vueltas para decidir qué hacer con el hombre ahora que ya sería un cadáver. Avisar a la policía quedaba descartado: demasiadas preguntas, explicaciones, acusación de homicidio o de asesinato, juicio, cárcel... todo por culpa del hijo de puta. Otra opción era buscar ayuda para esconder el cuerpo. Imposible compartir con Hilario, aunque fuera mi vecino y el mejor amigo en el que podía confiar. Enterrar el cuerpo en secreto era la mejor solución.

Recordé el pozo de agua abandonado; después de una perforación de 60 metros de profundidad no llegamos a obtener agua. A veces las cosas fallan, pero el agujero me costó en su momento un dineral. Antes de llegar al pozo, pasé por el corral y por el gallinero; los animales estaban bien, tenían una cantidad excesiva de pienso y comida para días, pero el agua era escasa. Además, el gallinero estaba sucio, no había un solo huevo y faltaba una gallina. Hilario no había pasado por allí en varios días y el ocupador de mi casa se había comido todos los huevos y el ave. Maldije a Hilario por su incumplimiento que había conducido a la ocupación de mi casa por un extraño y juré maldición eterna para el puto invasor y su familia.

Aparté la enorme piedra que cubría el pozo; me costó un gran esfuerzo y una gran fatiga; tenía el cuerpo lleno de sudor frío y una molestia extraña en la boca del estómago. La luz del agujero tenía unos 35 cm de diámetro; tal era la audacia de nuestras pretensiones de obtener agua. Fui hacia el hombre que resultó estar malherido y moribundo, pero no muerto. Me apenó imaginar el lío en el que se había metido aquel desgraciado y que, para mayor desgracia suya, probablemente nadie echaría en falta. Fui al almacén para buscar la carretilla, la podadora, los cuchillos para desollar jabalíes y la sierra mecánica. Cuando volví, me tranquilizó ver que estaba definitivamente muerto. Arrastré el cuerpo hasta el bancal donde almaceno cientos de kilos de leña. Y empecé el trabajo como si se tratase de un puerco echado en tierra; continué con la sierra con cuidadosa precisión una vez separada la cabeza de un hachazo. Fui echando los pedazos ya de tamaño pequeño en la carretilla. En trece viajes, el hombre troceado y sus vísceras estaban en el fondo del pozo. Arrojé tierra y piedras y volví a la casa. Limpié la sierra, el hacha y el cuchillo; lavé todos los instrumentos para que no quedase ni una huella, ni un resto mío ni suyo. Recorrí la casa escrupulosamente, recogiendo en un barreño todas sus pertenencias, su ropa, dos mochilas, un amuleto, cuatro saquitos con un polvo blanco que igual podía ser cal o alguna droga, una cartera con algo de dinero, pero sin documentación, y el teléfono móvil. Puse el barreño en la otra carretilla y bajé hasta el claro más cercano al pozo. Tiré los objetos no inflamables al pozo y los cubrí con tierra hasta la superficie. El agujero ya no se veía, pero, además, lo tapé con la enorme piedra; la ropa la dejé en un montón para quemarla más tarde.

Por la tarde, llamé a Hilario para decirle que acababa de llegar y que todo iba bien. Me contó que había tenido problemas inesperados con su camioneta y que no había acudido a mi finca los últimos días. Sin embargo, él sabe que no es bueno dejar a los animales sin atención más allá de dos días; es un sacrificio estar pendiente de las cabras y de las gallinas encerradas. A pesar del descuido en cumplimentar nuestro acuerdo, su camioneta siempre está limpia y ordenada; sus campos también. Tienen la tierra rastrillada sin piedras ni malas ni buenas hierbas, los químicos que echa matan todas las plantas. Hilario se alegró de mi vuelta y dijo que pasaría al día siguiente para tomar café y para que le contase cómo había ido el viaje.

★★★★★

Estaba agotado, falto de aire, con una opresión en el estómago y en el pecho. Limpié la casa y las zonas que pudieran despertar sospechas. Me duché con agua fría para lavarme y para dejar de darle vueltas a lo sucedido. Dejé mis ropas sucias junto al montón de ropa del extraño; añadí ramas secas de las podas y unos pocos troncos de mediano tamaño. Les prendí fuego. Vi cómo desaparecía todo y, con ello, mi angustia por lo que había sucedido; quedaron restos de carbón como si se tratara de una de las muchas hogueras para eliminar las ramas de los olivos y de los algarrobos después de la poda.

Me tumbé en la hamaca colgada entre las ramas del algarrobo más allá del cobertizo. La luz del sol se filtraba entre las ramas y las hojas del gran árbol. Soplaba un viento suave que movía las hojas; se oía algún pájaro. Vi el muñeco del búho descabezado y escondido entre unas ramas. Me entró un ataque de ira e imaginé que el búho descabezado era el asaltante okupa, al que yo descabezaba, embadurnaba con brea y pegaba en su cuerpo las plumas arrancadas de muchas gallinas asesinadas por él sin comedimiento ni pudor.

Noté un fuerte dolor en el pecho, ahogo, mareo, y todo se desvaneció.

Vi moscas o puntos negros bailando y un fogonazo de luz blanca que salía de los ojos y se alzaba como una lengua cegadora a gran velocidad formando un torbellino deslumbrante. Me adiviné lejos mientras la luz cruzaba con furia entre los olivos y los algarrobos; se alzaba para descender de nuevo a ras de tierra con un sonido leve y bronco, una ráfaga de incomprensión por lo que estaba sucediendo. En uno de los giros ascendentes atravesó una bandada de estorninos que cayeron a tierra. Desde arriba, vi los cuerpos de los estorninos muertos y mi cuerpo tirado junto al muro del bancal en el que me había apoyado al intensificarse el ahogo y el dolor.

Me gustaría poder contar lo que ha ocurrido después, pero siento que la conexión se va perdiendo rápidamente a intervalos cada vez más largos; es como si no tuviera cobertura. La última imagen ha sido de Hilario corriendo hacia mi casa, deteniéndose un segundo para ver si podía hacer algo por mí y abalanzándose hacia el interior para llevarse la escopeta y un saco con utensilios de cocina, ropa, el mosaico de ladrillos que representa la doceava estación del Vía Crucis y mis cuchillos y navajas. Menudo espantajo, mi amigo. No sé si la visión de Hilario es real; decepcionado y divertido por su atrevimiento, deseo que la vida le vaya bien.

La comida

El ambiente en el comedor de la casa de la abuela era acogedor; la luz de la ventana bastaba para iluminar la comida de familia con los hijos y nietos. En la pared del fondo, había un retrato del tatarabuelo Odilón, abuelo de mi madre Alba, bisabuelo mío y de mis hermanos, Noé y Lucas. El tatarabuelo Odilón tenía una cara antigua, severa, con un bigote espeso, unas cejas prominentes y una mirada que había inspirado respeto, pero también amor o quizás cariño a la tatarabuela. El cuadro del viejo permanecía allí porque aquella seguía siendo la casa familiar. En cambio, otras fotografías de los bisabuelos y de los abuelos permanecían en el dormitorio de la bisabuela y en lugares de la casa más íntimos, preservándolas de cualquier mirada extraña. Las fotografías se guardaban en unas cajas metálicas o de madera en los cajones de una cómoda junto a algunos recuerdos como cartas, abanicos y motivos religiosos. Nadie había tocado aquellas habitaciones en muchos años. No había, aparentemente, ningún objeto de valor.

Mi madre era la única heredera de aquella casa a la que había accedido por deseo testamentario de sus familiares.

Aquel día, la casa se había abierto a la familia con ocasión de uno de los encuentros anuales para celebrar el cumpleaños de mi madre. El mantel era de hilo blanco con algunas manchas antiguas reacias a desaparecer; las servilletas eran blancas, pero de diferentes tipos; los platos y los cubiertos, antiguos, aunque no totalmente pareados. La abuela se sentaba a la cabecera de la mesa rectangular. A la derecha, su hijo mayor, Noé, y su nuera; a la izquierda, yo y mi marido, Mario. Los tres niños, de diferentes edades, se sentaban en el lado opuesto de la mesa.

Había algunas cosas para picar, pero enseguida apareció la pasta al horno con salsa boloñesa y de segundo, pechugas de pollo rebozadas. Era un menú que encantaba a los niños.

Mi hermano y mi cuñada nos contaron sobre los días que habían pasado de vacaciones, en su mayor parte en lugares de mar. Desde pequeños, a todos los hermanos nos había atraído el mar, y la costumbre de los veranos en la costa había continuado con sus hijos. Los niños no podían creer que su abuela, cuando era joven, exclusivamente mamá y no abuela, entrara en el mar solo para remojarse sin llegar a hacer unas brazadas o una zambullida. Los macarrones desaparecieron en un momento y el pollo rebozado, que en esta ocasión había sustituido a filetes finos de carne empanada, se agotó en las tres bandejas.

La abuela se alzó un poco para señalar que podían recogerse los platos. Descubrió con espanto que había mojado la silla tapizada; el pañal debía haberse movido y allí había su orina. Notó el pañal húmedo y pesado, un poco caído por debajo del culo; se había orinado. Sintió una enorme vergüenza, pero reaccionó con disimulo. Se levantó. Rápidamente, también nos alzamos los mayores, y recogimos los platos y cubiertos para llevarlos a la cocina. Olía a orina. Entretanto, la abuela puso su servilleta encima de la silla y fue al baño. Un desastre, todo mojado. Dejó los pañales en un rincón. Con dificultad se enrolló una toalla colgante bajo la faja. Se lavó las manos y perfumó el aire con un ambientador. Regresó al comedor con una bata de guatiné por encima del vestido, alegando que siempre sentía algo de fresco después de comer. Percibió todavía un olor a orina, pero más leve. Al sentarse, vio que habían cambiado la silla por su sillón ligero con brazos en el que se sentía más cómoda. Continuamos con los postres. Los niños, ya nerviosos, discutían por el manejo de unos videojuegos. Después tomamos café y bombones de chocolate. Poco antes de las cuatro de la tarde, todos marchamos argumentando que la abuela debía hacer la siesta y que debíamos regresar a la ciudad. Nos despedimos con besos. Bajando los cuatro escalones frente a la puerta de la casa, Clara cuchicheó a sus primos: «A la abuela se le escapa el pipí porque es mayor».

★★★★★

Mamá se aburría en el pueblo, pero de ninguna manera quería vivir de nuevo en la ciudad, por más que fuera acogida con agrado en la casa de Noé con su mujer y sus dos hijos, o en nuestra casa conmigo, Mario y nuestra hija Clara. Tampoco deseaba estar en un piso propio y ni hablar de meterla en una residencia para viejos. En el pueblo, estaba bien cuidada por la mujer de compañía, criada, cuidadora de su cuerpo anciano y de sus secretos repetidos, o lo que fuera Agustina, una mujer más bien baja, robusta, unos quince años menor que mamá, y con una vitalidad y rudeza propias de haber nacido en un pueblo alejado, frío y rodeado de campos que se cubrían de escarcha en invierno. Antonia, una amiga de la infancia y actual vecina, se acercaba un par de tardes a la semana; hablaban y discutían de cualquier tema, a veces de noticias que solo conocían por la radio o la televisión, siempre parciales y engañosas. Una vez servido el café corto con leche y las pastitas, y terminada la conversación, se trasladaban a la sala pequeña. En la sala, frente a una mesa redonda, mesa camilla en

47

invierno, tejían pequeños cuadros de ropa de saco extendida en un sencillo bastidor, con lanas e hilos de colores siguiendo un dibujo original hasta que surgían casas, árboles, conejos, gatos, niños, barcas o cualquier otro motivo. Había decenas de cuadros ordenados en baúles abiertos o colgados en las paredes o sobre algunos muebles, o regalados a alguno de nosotros, que no sabíamos qué hacer con ellos. Eran motivos infantiles diseñados para trabajos manuales. El resultado, para mí, era feo y triste. Todavía tenía muy presente a mi madre de joven, sentada delante del piano e interpretando una música alegre y hermosa que se oía por toda la casa. El contraste era feroz.

Pasaban horas haciendo labores, a las que a veces se unía Agustina, cosiendo cortinas, ajustando unos vestidos o haciendo jerséis, que también llamaban *pullovers*, y bufandas con madejas de lana de mejor calidad para que resultaran prendas cálidas y esponjosas.

Mi madre marchó joven del pueblo para estudiar; se alojó en la casa de unos parientes de mi padre, amigos de la familia de mi madre. Allí, mis padres se conocieron y se casaron; se quedaron a vivir en la ciudad. Allí nos criamos sus tres hijos: Noé, Lucas y yo. Mi padre era médico; era un hombre ilustrado al que le gustaban el arte y la lectura; apasionado, pero algo distante con sus hijos y ciertamente autoritario con Noé, el hijo mayor. Mis padres eran creyentes, pero no beatos. Vivíamos en el centro de la ciudad y cada domingo acudíamos a la misa en la catedral. El interior del templo era esplendoroso, iluminado con cientos de luces y velas; las columnas se elevaban en arcos apuntados que aguantaban las bóvedas de crucería. El ambiente era solemne; la música del órgano y las voces del coro envolvían el aire junto al olor a incienso.

Un domingo, ya terminada la misa, escuché emocionada el canto de la Sibila y varias piezas del *Libro Rojo de Montserrat* con motivo de la festividad de Santa Eulalia.

Al finalizar el concierto, salimos al claustro donde había una fuente y una pequeña charca con trece gansos blancos. Mamá nos narró, como si se tratara de un cuento, que Santa Eulalia tenía 13 años cuando fue martirizada; estaba enterrada en la cripta de la catedral, y los trece gansos representaban los años de Santa Eulalia, según la tradición. Nos imaginamos la imagen de Santa Eulalia reflejada en el agua levemente ondulada por el nadar de los gansos, con destellos brillantes del sol que se reflejaba entre las palmeras.

No estuve al lado de mi padre durante el tiempo que duró su enfermedad. Yo estaba embarazada, aunque, al final, el feto no llegó a nacer. El destino de los nonatos siempre ha sido incierto; no se sabe qué hacer con ellos. Mi padre, en su final, entró en un estado estuporoso; no podía reconocer a nadie; se persignaba compulsivamente entre dolores, alucinaciones y sonidos extraños como de un animal gravemente herido.

Celebramos una misa en el Real Monasterio de Santa María de Pedralbes, donde residían monjas clarisas. Allí íbamos a menudo a pasear por el claustro gótico de tres plantas en el que se abrían las pequeñas celdas individuales de las monjas. Nos explicaron, la primera vez, que Santa Clara había sido discípula de San Francisco de Asís y fundadora de la Orden de las Hermanas Clarisas. Mi madre admiraba la vida de Clara, su perseverancia moral, y su dedicación y ayuda a los necesitados. Otras veces el guía que acompañaba a los visitantes con la entrada intentó explicar de nuevo la vida de Santa Clara, pero ya ninguno de nosotros lo escuchaba. Mi madre dijo que si yo tuviera una hija, le gustaría que su nieta se llamara Clara.

Mi madre se quedó viviendo sola en la ciudad; los hijos ya éramos independientes. La muerte de su marido le dolió profundamente; era una mala pasada. Se alejó de Dios y empezó a tener un pensamiento más libre, cuestionando situaciones sociales, políticas y criticando abiertamente algunas actuaciones de la Iglesia que le parecían injustas e inadecuadas. Algunos amigos de mis padres no la volvieron a llamar después de pasados unos días; no obstante, ella volvió a salir con amigas de su adolescencia como si no hubiera pasado el tiempo.

Mi madre regresó al pueblo después de la muerte de mi hermano Lucas, que ocurrió dos años más tarde; el dolor y la tristeza la anularon. Pero no se conformó; se peleó abiertamente con Dios, al que consideró un impostor y una mala persona; un ser todopoderoso que jugaba con la vida y la muerte sin el menor escrúpulo. Por añadidura, Dios pedía atención y sumisión constantes bajo la pena de tener una segunda vida llena de horrores si no se cumplían sus deseos. Siempre lo mismo; el poder del miedo, la pleitesía frente a la culpa, la mentira, y, más adelante, la agresión traicionera. Mamá dejó de hablar con Dios, lo largó, lo abandonó en la ciudad y buscó en la casa familiar el reducto donde vivir con la compañía y el recuerdo de sus personas amadas.

Cuando mi madre murió, yo tampoco estaba allí; estaba en un viaje de trabajo. Clara se quedó con Mario mientras yo aprovechaba el viaje para encontrarme secretamente con una persona que me atraía. Regresé a toda prisa con una mezcla de tristeza y contratiempo. Fue Noé quien estuvo a su lado desde tres o cuatro días antes, al ser avisado de que su estado había empeorado; su corazón dilatado ya era insuficiente para transportar la sangre, los pulmones estaban congestionados y necesitaba oxígeno; su cuerpo estaba hinchado, estaba en la cama recostada, casi sentada. Parece que tuvo miedo y preguntó a Noé:

—¿Y ahora qué? ¿Cómo se habrá tomado Dios estos años de desprecio y rencor? Noé, creo que me va a caer una bastante grande cuando alguien me lleve hasta él y nos miremos a la cara.

Mi hermano le dijo:

—No es malo enfadarse por algo que nos parece injusto, por algo que nos hiere de muerte sin darnos ninguna explicación. Sin embargo, no vas a encontrar venganza ni odio; yo no sé lo que vas a descubrir y nadie lo sabe, pero lo averiguarás, tendrás una sorpresa; vas a vivir una experiencia agradable y acogedora. Te encontrarás con papá y con Lucas. Nada de temores; tú lo has hecho bien. No te atormentes. Déjate en paz. No te culpes. Deja que la paz esté con todos nosotros. La paz va hacia ti; tu paz será la nuestra. Y este será tu regalo. —Y después le dijo—: Piensa en la Virgen María. Ella te acompañará.

Y así fue. Estando en su cama, con la cabeza y medio cuerpo reclinados sobre las almohadas, se abrió la puerta de la habitación y apareció un pequeño grupo de mujeres; una de ellas con un aura luminosa se acercó a mamá y la abrazó amorosamente como antes le había ocurrido a Santa Clara; era la Virgen María.

★★★★★

Cuando mamá murió, revisamos sus cosas, las que queríamos conservar y las que desechábamos; fue triste tirar tantos cuadritos y pertenencias personales; dimos objetos, libros, ropa y regalamos algunos muebles y lámparas antiguas. Revisamos detenidamente las fotografías que se guardaban en las cajas de la cómoda de la casa; intentamos identificar a algunas personas y clasificar por años todo el material. Había imágenes de la tatarabuela: fotografías amarillentas de aquella mujer en distintas situaciones, en el interior de la casa, mostrando unos panes grandes delante del horno, apoyada en un carro. Había retratos y fotos de familia de los abuelos, de mis padres, muchas de mi madre a distintas edades. Otras mostraban gentes desconocidas que supusimos parientes y amigos de mis familiares. Muchas de ellas, probablemente, eran los únicos vestigios de su existencia.

Terminado el trabajo, conservamos las fotografías y algún objeto de valor sentimental en el altillo, donde se guardaban algunos cuadros y títulos que nadie quería, alfombras, figuras del pesebre y el árbol desmontable de Navidad. También retiramos al altillo el cuadro del tatarabuelo Odilón y decidimos cambiar algunos muebles y pintar la casa. Clara y sus primos ya decidirán, en su momento, qué hacer con estos recuerdos.

La urna

I never view mistakes as failures.
They are simply opportunities to
find out what doesn't work.
THOMAS A. EDISON

When you have exhausted all possibilities,
remember this —you haven't.
THOMAS A. EDISON

Desde la terraza, el mar se veía azul con crestas blancas en dirección sur; en el cielo, el viento había arrastrado las nubes y aparecía limpio después de la tremenda tormenta. Las nubes densas, grises, casi negras habían descargado una lluvia gruesa e implacable. El viento había sacudido las ramas de los árboles cercanos; un pino alto y muerto había sido arrancado desde la raíz y había caído en el camino que llegaba a la casa. Otros pinos, en el mismo terreno, estaban en unas condiciones parecidas y era cuestión de poco tiempo que cayeran cualquier día de tormenta o llevados por un vendaval. Había acudido la policía local; no los bomberos, que estaban ocupados con árboles o paredes caídos en otros lugares, o atendiendo fuegos que se alimentaban con el viento del norte.

Isabel miró de nuevo la terraza y el rincón donde estaba la urna que contenía las cenizas de su marido fallecido dos años antes. No se había atrevido a arrojarlas al mar, que hubiera sido un capricho de su marido; prefería mantenerlas allí, tenerlas cercanas, estar en su compañía.

Isabel nunca había visto el contenido de la urna. Aquel día, se le ocurrió destapar el receptáculo y mirar en su interior. La terraza quedaba protegida del viento y no había posibilidad de que sucediera un desastre. Se sentó en una silla al borde de la mesa exterior. Con la mano derecha extrajo una bolsa de plástico que contenía, no las cenizas, sino un pequeño individuo, que, en aquel mismo momento, parecía estar distraído o ensimismado pensando. Isabel se asustó, pero el individuo le señaló que no había nada que temer. Era el espíritu de Gabriel, su difunto marido, con el que había compartido añoranzas, discusiones, emociones íntimas y recuerdos durante los dos últimos años.

A diferencia de otros espíritus que deben buscar dónde ubicarse después de la muerte de los cuerpos, Gabriel se había sentido cómodo en aquel recipiente resguardado. Con la ceniza que contenía, el espíritu había construido un pequeño cuerpo donde albergarse durante el tiempo que fuera necesario; las cenizas eran las suyas y el resultado fue una copia de sí mismo, en pequeño.

Isabel aprovechó para tener una pequeña pelea amonestando a Gabriel por el susto recibido. Aquella noche durmió mal. Aunque la urna había permanecido dos años en el mismo lugar, no sabía dónde colocarla ahora, después de aquella inusitada revelación.

La terraza parecía un lugar inapropiado, y guardarla en la habitación, encima de la cómoda, hubiera levantado sospechas sobre su salud mental. Para descartar cualquier duda, Gabriel la convenció de que su lugar preferido era el rincón de la terraza tan bien escogido por ella. Y la urna quedó allí.

★★★★★

Gabriel había sido una persona inteligente, tenía ideas brillantes y ocurrencias inhabituales. También, tenía un sentido del humor inusual y no siempre comprendido. Fue una desgracia que le atacara un pez torpedo mientras buceaba. Él, que era una persona experta en circuitos electrónicos, redes de conectividad y mecanismos productores de energía, se había tropezado con un animal de cerebro minúsculo, pero con unas especializaciones celulares que actuaban como placas eléctricas capaces de producir descargas letales para sus depredadores marinos, pero, en principio, no mortales para los seres humanos. Aquella forma de morirse era una ironía del destino.

El espíritu había entrado en el mundo de los espíritus de los humanos, animales y otros seres vivos, inmediatamente antes de que su cuerpo fuera incinerado. El mundo era impresionante, fascinante e infinitamente atractivo. Allí existían los pensamientos, sentimientos, emociones, y todas las respuestas que habían tenido todos los seres vivos desde el nacimiento de la vida en la Tierra.

★★★★★

Gabriel quedó cautivado, desde el primer instante después de su muerte física, por aquel riquísimo cosmos espiritual. Intentó comunicarse con su familia y amigos para explicar que se encontraba bien, que estaba en un mundo desconocido, animado y deslumbrante; por tanto, no debían preocuparse. Los familiares y amigos estaban en duelo, todavía confusos por el dolor de la reciente ausencia, y no pudieron atender a sus explicaciones.

Lo primero que experimentó como espíritu fue la inconsistencia del significado de tiempo y de espacio, así como la posibilidad de que sucedieran acontecimientos dispares a la vez. El espíritu notó cómo sus ramas se movían con la fuerza del viento; las hojas lanceoladas y cortas resplandecían con un verde plateado a la luz del sol de mediodía mientras recibían la humedad de las gotas del rocío al amanecer, y el árbol permanecía inmóvil como una sombra negra en la noche silenciosa de luna nueva, en la que se oía el siseo sonoro y metálico del espíritu de una lechuza.

Inmediatamente, una ola lo llevó entre las rocas del rompiente cubiertas de los espíritus de bellotas de mar, mejillones y algas. Fue un torbellino o una corriente de aire y agua. Descansó, tomando la forma de una piedra en una montaña, evitando nuevas sensaciones para detener aquel vórtice y poder pensar. Una vez sosegado, se levantó y empezó a volar persiguiendo el espíritu de un ratón. El mundo nuevo resultó ser un caos inquietante.

Gabriel exploró el sentir de algunos habitantes etéreos. El espíritu de una mosca estaba disfrutando de su universo en múltiples dimensiones: objetos enfrente, a los lados, en focos cercanos y distantes; varias imágenes nítidas en distintos planos. Por detrás, el espíritu de un lagarto envió una lengua que hubiera atrapado a la mosca si la lengua no hubiera pertenecido a un espíritu de lagarto y la mosca no hubiera sido un espíritu de mosca.

En otro momento, Gabriel quiso unirse al espíritu de un águila. El placer del vuelo no podía compararse con otra sensación que hubiera tenido antes. A la vez, sintió los espíritus de unas cabras en las paredes rocosas de un pico alto. El águila sintió la alerta y eligió una presa sobre la que centró toda su atención; el vuelo preciso fue vertiginoso y la agresión del ataque, electrizante. Al mismo tiempo, advirtió un terror, pánico en el grupo de las cabras que buscaban una vía de escape. Estas emociones duraron segundos y se disolvieron; los espíritus de los animales no se inmutaron más; Gabriel sintió al unísono el alivio de las cabras y la momentánea frustración del águila.

Comprobó que él podía ser al mismo tiempo espíritu de cabra y espíritu de águila, pero no llegó a comprender cómo un espíritu de cabra podía sentir como un espíritu de águila, y tampoco a la inversa.

Gabriel podía sentirse árbol o prado, pero el espíritu de una planta no podría sentirse al mismo tiempo espíritu de una vaca comiendo la hierba del prado. Parecía haber una jerarquía en el universo de los espíritus y unas limitaciones para determinados espíritus sobre otros, según el criterio de un espíritu humano. O quizás el universo fuera más complejo. Así como el ser humano había creado a sus dioses a su imagen y semejanza, también el universo de los espíritus imaginado por el hombre tenía las limitaciones propias de sus creadores. Gabriel no tenía capacidad para asegurar que había varios universos paralelos construidos a la medida de cada una de las especies; sin embargo, intuyó que tales universos eran factibles.

★★★★★

Gabriel se propuso un plan de trabajo siguiendo el mismo patrón que utilizaba en sus trabajos terrenales. Se trataría de inducir una red autónoma, autoalimentada por la propia energía de los millones de espíritus existentes. Las unidades de información serían cada uno de los espíritus con sus miles o millones de datos almacenados individualmente, entendiendo por datos los productos en vida, que incluyen instintos, sensaciones, emociones, razonamientos e ideas. El sistema estaría constituido por millones de millones de unidades que acumularían miles o millones de datos.

Las informaciones falsas, contradictorias o parciales, que pudieran llevar a un relato engañoso, serían detectadas también por la misma sistemática; los errores serían autocorregidos de una manera puntual a medida que se iban formulando interacciones nuevas.

En el imaginario de Gabriel, la fábula de los espíritus se mostraba como un universo de pequeñas luces que se encendían y apagaban con intensidades y ritmos distintos, y armoniosos. También eran cantos y melodías, coros polifónicos, llenos de ideas, sensaciones, imágenes y conceptos nuevos.

Desde el espíritu de Gabriel, el paradigma se extendió rápidamente por todo el universo de espíritus. El sistema empezó a funcionar. Gabriel estaba satisfecho y sus cenizas se retiraron de nuevo a la urna de la terraza sin que nadie en la casa hubiera notado ningún cambio. El planeta podía destruirse, pero el universo de las redes interactivas de los espíritus prevalecería.

★★★★★

Aunque habían pasado miles de años luz desde que Gabriel inició el proyecto, en la Tierra habían transcurrido solamente dos años. Pasado este tiempo, Gabriel fusionó sus cenizas y se transformó en un pequeño hombrecillo que era su imagen y semejanza.

Sentado en su habitáculo, Gabriel estaba cavilando cómo explicar todo aquello a su mujer. De pronto, Isabel abrió la urna y tuvo el susto.

Isabel era una mujer práctica que quería entender las causas y las consecuencias de cualquier acto; no le gustaban las fantasías. Por ello, cuando su marido le explicó en detalle su deambular por el mundo de los espíritus y los logros conseguidos, supo que las ráfagas de viento, la caída del árbol y los fuegos cercanos eran una prueba del regreso de Gabriel a casa.

Migraciones

Kokoleoko, mama Kokoleoko
Kokoleoko, mama Koleoko
Awa mama Awa, Awa mama Koleoko

El gallo canta mamá
Debemos levantarnos mamá
Mamá, el gallo canta
Canción infantil ghanesa

GHANA: VOLTA. LA FAMILIA DE AFI OKYERE

Enero, 2021

Afi Okyere vivía en el poblado cercano a Ho, la capital regional del Volta en Ghana, donde había crecido su familia por generaciones. Había tenido tres esposas y doce hijos, de los cuales siete habían muerto en el nacimiento o a corta edad.

Como todos los habitantes del poblado y de la región, Afi hablaba *ewé* y se defendía en inglés, el idioma oficial de Ghana, por su utilidad en el mercado y en transacciones con gentes de otras etnias.

El poblado estaba formado por unas ochenta casas que albergaban otras tantas familias. Las construcciones eran rectangulares o redondeadas, de adobe y vigas de madera, con techos a dos o cuatro aguas, o en forma de cono construidos con capas super-puestas de hierba seca. Algunas de las de mayor tamaño tenían porches cubiertos con planchas metálicas. Las familias vivían de los propios cultivos de subsistencia, del intercambio de productos y de las ventas en los mercados que se abrían en zonas de confluencia de varios poblados. Los animales domésticos vagaban sueltos. Las familias más afortunadas tenían corrales con un número variable de ovejas y cabras. Además de los campos de cultivo, la familia de Afi tenía gallinas y un par de gallos en gallineros separados, unas diez ovejas para leche y cría, y tres perros.

Afi Okyere siempre había mostrado ser un hombre fuerte, perseverante frente a las malas cosechas y adversidades naturales. Había tratado con ecuanimidad a sus mujeres y educado a sus hijos con rectitud, siguiendo los valores tradicionales. No era el jefe principal del poblado, pero sí una persona respetada por el rigor de sus convicciones, disponibilidad en el trabajo, capacidad para escuchar y, más aún, por explicar historias y aplicar proverbios o dichos en momentos oportunos.

Cuando surgía la necesidad de trabajar conjuntamente para la comunidad durante las cosechas, decía: «Un árbol solo no hace el bosque» y la gente entendía la colaboración de todos como un bien inexcusable.

Si alguien o algo perturbaba la tranquilidad y la concordia entre los vecinos, afirmaba: «Un árbol que produce hachas debe ser cortado». Con este ejemplo, todos podían entender que alguien que actuara de manera agresiva contra cualquiera no sería aceptado por la comunidad.

En caso de desacuerdos, reunía a las dos partes en disputa e intentaba mejorar la relación entre ambas; argumentaba: «Dos calabazas flotando en el agua frecuentemente chocan una con la otra». De este modo, comprendía que las desavenencias existían en cualquier comunidad y que estas debían solucionarse para evitar que se rompiera la armonía.

Estas frases y muchas otras, recordadas de sus antepasados o inventadas en el momento, le daban autoridad de hombre sabio.

Cuando se iba el sol y se reunían algunos niños para escuchar un cuento, podía preguntar «¿Por qué los monos no viven en los árboles?». Frente a la ausencia de respuestas, continuaba: «Érase una vez un gato montés lleno de pulgas que pidió a un mono que, por favor, lo limpiase. El mono accedió y el gato montés se quedó dormido. En este momento el mono ató la cola del gato montés al árbol, y seguidamente escapó». Seguía una pausa para observar la reacción de los niños, y luego reanudaba la historia.

★★★★★

Duna era la hija menor, una niña de 5 años que vivía en un estado casi salvaje. Tenía el cabello rizado y peinado formando dos coletas que eran como dos bolas cerca de la coronilla.

A menudo, Duna mamaba la leche de las ubres de las ovejas, que permanecían tranquilas. La niña olía a leche agria y a sudor de oveja, e iba siempre sucia.

Había dos chicos, Kawakuga, de casi 15 años, y Manu, que iba a cumplir 14. Ambos habían iniciado la pubertad; eran espigados y duros debajo de la piel; tenían granos en la cara; los cabellos densos y muy rizados, imposibles de dominar; sus cuerpos desprendían un olor penetrante a feromonas y a cebolla, típico de la edad.

Tenían una simpatía natural; eran apreciados en el poblado, donde a menudo inventaban juegos y se distraían con los otros chicos.

Duna, Kawa y Manu eran hijos de Mama Cho, la tercera mujer de Afi.

Cuando Kawa y Manu eran pequeños, Mama Cho los acurrucaba entre sus brazos, los mecía y les cantaba con voz queda canciones populares que habían transitado desde diferentes lugares de Ghana.

> *Hermana Nakie oh*
> *Ven y juguemos, sí, sí,*
> *Ven y juguemos.*
> *Ven y juguemos.*
> *Ven y juguemos, sí, sí,*
> *Ven y juguemos*

Cuando, inesperadamente, Mama Cho quedó nuevamente embarazada y nació Duna, las canciones terminaron para ellos. La dedicación hacia la niña fue diferente: la llevaba en la espalda, el cuerpo de la niña sujeto con un *duku*, un paño de colores plegado en la cintura de la madre; mientras ella trabajaba, la niña dormía. Cuando despertaba, Duna no paraba de mamar.

Nutria y Komi eran los otros dos hermanos mayores. Nutria, hija del segundo matrimonio de Afi, estaba casada y con hijos; vivía en otro pueblo cerca de Ho y pertenecía, desde su matrimonio, al grupo familiar del marido. Komi, un hombre de 24 años, era hijo de la primera esposa del señor Okyere. Vivía con su mujer e hijos en la misma aldea en un terreno cercano al de su padre. Komi tenía una complexión fuerte y la piel dura como el cuero.

Komi era quien dirigía, junto a su padre, el rendimiento de las tierras y el ganado. Komi realizaba las labores más duras como la labranza y la siega; su mujer sembraba, recogía los productos de la huerta y cuidaba el gallinero y las ovejas. Tenían dos hijos de 3 y 2 años. Duna cuidaba de ellos, a veces, pero debían vigilarlos siempre; los críos empezaban a moverse hacia cualquier lugar y a alejarse de la vista.

Más allá de su trabajo en las huertas, Komi era muy hábil con los tambores que retumbaban en cualquier ocasión, vibrantes en los actos festivos, quedos a última hora de la tarde. Su música siempre era una compañía para los habitantes del poblado. A veces, sus frases con el tambor grande eran contestadas en otro lugar por otros tambores. Los músicos conversaban con las manos percutiendo el cuero de los tambores, hasta despedirse para otro día.

La familia recordaba los nacimientos de Duna y de los dos pequeños. La fiesta de dar un nombre al venido al mundo tenía lugar a los ocho días del nacimiento. Al recién nacido lo rociaban con agua, y el jefe principal le introducía en la boca un dedo mojado con agua y azúcar, o con licor, por tres veces, pronunciando unas palabras que indicaban al bebé la necesidad de actuar durante su vida de una forma recta y honrada. Con el acto de darle un nombre único y exclusivo, el niño o la niña entraban a formar parte de la comunidad.

Los chicos siempre hacían las cosas en común; un recado se realizaba conjuntamente; un trabajo en la granja se repartía entre ambos; cualquier acción, el mero hecho de iniciar un juego, se repartía entre los dos. Sin embargo, Kawa tomaba siempre la iniciativa y Manu estaba encantado con las propuestas de su hermano mayor. Les gustaba compartir sus secretos y aventuras al margen de los otros miembros de la familia, quienes, por su parte, se desentendían de sus juegos.

Cuando salían a explorar más allá de las tierras cultivadas, la naturaleza se presentaba más salvaje. Escuchaban el sonido del viento en los árboles, veían cómo se mecían las copas de las palmeras y husmeaban los senderos buscando pistas del paso de algún animal. Durante el día y por aquellos lugares, no era previsible encontrar ningún animal grande, pero sí serpientes, lagartos, geckos e insectos, incluyendo múltiples mariposas. En el cielo, se podían ver águilas reales. Adentrándose en zonas selváticas, los colobos y vervets vivían en las copas de los árboles. No eran los únicos habitantes de las alturas; cientos de aves se gritaban unas a otras.

A Kawakuga le gustaba inquietar a su hermano. A veces, lo molestaba por el placer de ver cómo el otro se rebelaba. De pequeños, en la cama, Kawa había susurrado:

—Manu, ¡el bastón de la pared se está moviendo!

—¡No puede ser, es un bastón!

También, cuchicheando:

—Se mueve ondulando. Parece un gusano gigante o una serpiente.

Manu estaba asustado:

—¡Ssssh! No te muevas, no hables, hazte el dormido.

Cuando todo estaba en silencio, Kawa lanzaba algo sobre la parte de la cama donde dormía Manu, y este se levantaba sobresaltado mientras su hermano reía la gracia.

La escuela, a la que llegaban caminando, se encontraba a unos tres kilómetros del poblado, y servía como centro de enseñanza a varios poblados de la zona. Kawa y Manu eran malos estudiantes. Habían superado la primaria sin grandes problemas; sabían *ewé* y habían aprendido a hablar y escribir en inglés; sabían los números y hacían cálculos sencillos. No obstante, las clases del nivel bajo de secundaria, que debían realizarse entre los 12 y los 16 años, eran más dificultosas. Por una parte, necesitaban mayor esfuerzo; por otra, perdían muchos días al atender los trabajos del campo. Finalmente, no había nadie en casa que pudiera echarles una mano en algunas materias.

En el último año, ninguno de los dos obtuvo el Certificado de Educación Básica. Sin duda alguna, lo que más les gustaba de la escuela eran los intervalos de descanso para jugar al fútbol con los otros chicos.

Kawa y Manu eran habilidosos con las manos: sabían arreglar herramientas de trabajo, cambiar piezas de algunos útiles del campo, sustituir correas del ventilador y otras piezas de motores de maquinaria y vehículos. ¿Cómo habían adquirido todas aquellas habilidades mecánicas? Por necesidad; no había posibilidad de renovar utensilios y maquinaria; así sucedía en muchos lugares.

También podían trabajar en cualquiera de las labores del campo. Cavaban, sembraban, mantenían el riego y recogían las cosechas. Sabían separar el grano y utilizar los rastrojos como alimento para el ganado. Estas labores las habían aprendido por imitación de los mayores.

Kawa y Manu tenían una pericia semejante con los animales; sabían ordeñar ovejas; y habían asistido a los partos en varias ocasiones. Les gustaba el tacto de las ubres suaves de las ovejas y ver cómo con sus manos hacían brotar la leche. Podían agarrar una gallina o un pollo, cortarle la cabeza y verter la sangre desde el cuello a un embudo y un cazo sin que se perdiera una gota. Después de escaldar el animal con agua hirviendo, las plumas se arrancaban fácilmente; y quedaba limpiamente desnudo. Una vez abierto por el vientre, sacaban los menudillos, y los separaban; las partes no apetecibles para los humanos las daban a los perros.

En una ocasión, abriendo un pollo, encontraron una pieza brillante parecida a un botón de oro que el animal se había tragado. La guardaron como un objeto mágico en una bolsita de tela que llevaban, turnándose, colgada al cuello. Le llamaron «el amarillo del pollo» y lo cuidaban como un talismán.

La vida de la familia se movía en un entorno muy limitado a las poblaciones y aldeas cercanas. Acudían al mercado de Ho varias veces al año; dos veces fueron al festival de Asogli.

Una vez, tuvieron que acudir al Hospital Municipal de Ho porque Mama Cho se había roto una muñeca al intentar parar el golpe cuando en un tropiezo cayó al suelo. No habían conocido nada fuera de los pocos lugares de la región central y sur de Volta, salvo la presa Akosombo, donde está la mayor central hidroeléctrica que alimenta Ghana.

Los bailes eran frecuentes en el poblado; algunos eran rituales imitando el vuelo de los pájaros; en otros, la gente formaba un círculo mirando hacia el centro y se movían con ritmo, acompasadamente en dirección inversa a las agujas del reloj. La música de tambores y de calabazas con piedras o semillas secas en su interior invitaba a mover el cuerpo inconscientemente. Los niños también tenían sus danzas. Al ritmo de los tambores, los críos se transformaban formando pequeños grupos que se hacían y deshacían instintivamente.

★★★★★

El campo daba poco beneficio y la situación empeoraba de un año para otro. La inflación había ido en aumento, en particular a expensas de los precios de la alimentación. Como otras personas de la región, la familia de Kawa y Manu, aunque propietarios, no había podido o no había sabido evolucionar y adaptarse a las nuevas economías y formas del mercado. Afi quería continuar con las pequeñas plantaciones en lugar de asociarse con otros granjeros y cubrir grandes áreas con el cultivo de maíz o de soja; no era partidario del monocultivo intensivo. Había pasado por malas épocas previamente y creía que los ciclos de escasez y de bonanza ocurren en realidad. Por el contrario, Kofi veía que el tiempo se le echaba encima; tenía dos hijos y esperaba el momento de asumir la administración de la granja y realizar cambios en la producción.

Afi reunió a sus hijos, Kawakuga y Manu, y les explicó la situación. Los apremió a emigrar a otro lugar para conseguir trabajo. La finalidad era doble: por una parte, salir adelante con los recursos que encontraran en otro lugar y, por otra, ganar lo suficiente como para ahorrar y enviar dinero para mantener las propias tierras. La implicación de los chicos era importante.

Mientras Afi les hablaba de la necesidad de partir, Kawa y Manu repararon en el cambio que había experimentado su padre en los últimos años. Antes, era un hombre vigoroso y fuerte, mientras que ahora aparecía, a sus casi cincuenta años, encorvado y con la mirada cansada. Le faltaban varios dientes y era más dificultoso entenderle las frases completas. De esta manera, el mismo día en que Kawa y Manu dejaron de ser chicos protegidos por la familia, advirtieron que su padre estaba viejo.

Este descubrimiento les inspiró un mayor respeto, ya que su padre entraba en la edad de la sabiduría de los ancianos, que los une con los antepasados de un modo tangible y eficaz. El mejor enlace con los ancestros y con los espíritus, a través de la figura de su padre, atenuó su ansiedad. Para Afi Okyere, la coyuntura tenía una implicación diferente. La inminente partida de sus queridos hijos significaba la necesidad de dejar de pensar en ellos cada día para no sufrir su ausencia, y hacerse a la idea de que quizás no los vería más.

Por la noche, hablaron muy poco. Kawa dijo a su hermano:

—Manu, tengo un poco de miedo. Pero encontraremos a alguien que nos lleve a algún sitio donde podamos trabajar y ganar dinero para apoyar a la familia, del mismo modo que la familia nos ha ayudado a nosotros hasta ahora. Sabemos hacer muchas cosas y las personas que nos encontremos lo podrán apreciar. Ten confianza.

Ninguno de los dos durmió tranquilo.

Hicieron unos preparativos sencillos con pertenencias mínimas: dos camisetas, un par de zapatillas, jabón, y un teléfono móvil para los dos. Les cortaron el cabello para evitar enredos y suciedad; se lavaron los dientes y el cuerpo. También llevaron consigo unos pocos miles de *cedis* y unas copias de las partidas de nacimiento, que guardaron en unas pequeñas carpetas de plástico, herméticas, que se sujetaron en la cintura con una cuerda que hacía las veces de cinturón. Una vez dispuestos, se presentaron frente a su padre.

Kawakuga y Manu se acercaron a Afi; este les tocó la frente y apoyó las manos en sus cabezas. El señor Okyere musitó unas palabras dirigidas a Mawu, el dios creador, y exhortó a los espíritus buenos a la mediación para la custodia de sus dos hijos. Como cristiano, añadió:

—Dios os bendiga.

Kawakuga y Manu marcharon, primero a Ho, después a Atimpoku y Somanya, y dejaron atrás el extenso lago Volta, hasta la capital de Ghana, Accra. Se subieron a los camiones y furgonetas que los recogían a su paso. Viajar no representaba ninguna dificultad; bastaba mover las manos en alto señalando el camino y siempre encontraban a alguien que les hacía un gesto para subir al vehículo.

Viaje a Accra y Kumasi

Accra era una ciudad con más de tres millones de habitantes. Jamás habían visto nada igual. Formada por varios barrios unidos, tenía una vida acelerada, trepidante. Además, Accra está rodeada de distintos municipios que son otras tantas ciudades.

Las primeras sensaciones que Kawa y Manu tuvieron en Accra fueron temor y desamparo. No sabían adónde ir ni cómo moverse. Merodeaban de aquí para allá, pidiendo ayuda ocasionalmente a los transeúntes acerca de cuestiones tan dispares como lugares donde comer, dormir, trabajar, supuestos centros de reunión para personas jóvenes y anuncios de empleo colocados en los lugares menos esperados.

No tenían ni idea de por dónde empezar; estaban atemorizados y hablaban poco y con frases cortas.

—Está siendo más difícil de lo que esperaba.

—No conocemos a nadie y nadie desea conocernos.

—Afortunadamente, estamos juntos.

—Veremos si mañana tenemos más suerte.

Eran pensamientos recurrentes que compartían a la caída del sol.

Lo peor era que el día siguiente era igual de decepcionante que el anterior.

A menudo, los miraban con suspicacia y los tomaban por ladronzuelos. La gente se apartaba y procuraba resguardar sus cosas. Otras personas no sabían cómo actuar y preferían cambiar el paso y pensar en otros asuntos. Más frecuentemente, los ignoraban o los apartaban con un displicente rechazo. Era la primera vez que percibían el desprecio, el trato rudo y la animadversión en las miradas. Raramente, algún viandante les daba algo de dinero y los saludaba. Esto les desconcertaba, no eran mendicantes, querían trabajar y ganar su salario por sí mismos. Una vez, dos jóvenes les habían llamado hermanos, y este simple hecho los animó. Pero aquello fue solo un modo de hablar.

Se preguntaban:

—¿Qué estará haciendo nuestra familia?

—La extraño; encuentro a faltar a todos.

Eran pensamientos de añoranza. Recordaban entonces situaciones cotidianas, preparando la huerta para la nueva cosecha con su padre inclinado hacia el suelo a una distancia por delante de ellos. Volvieron a escuchar los tambores, los bailes en compañía de gentes del poblado, las voces de personas que mostraban confianza y afecto hacia ellos.

Kawa y Manu notaban diariamente su ausencia. Estuvieron en barrios ricos con avenidas cuidadas y edificios altos, coches, personas bien vestidas, junto a multitudes con prendas multicolores; en barrios más pobres, con casas más bajas, desiguales, escaso alumbrado, ausencia de asfaltado y ríos de agua cuando aparecían abruptamente los nubarrones y las lluvias. Era durante los meses de mayo y junio, y la lluvia caía a veces en tromba para dejar cielos casi despejados poco después. Buscaron en los mercados, en las zonas cercanas al puerto, entre los pescadores. Pasaron, no sé cuántas veces, junto al imponente arco de triunfo que tenía unas letras grabadas: AD 1957, FREEDOM and JUSTICE, que celebraban la independencia de Ghana. Los mercados eran lugares oportunos para encontrar comida; también en los mercados de pescadores en las playas durante la venta de pescado. Siempre era posible encontrar algo que comer, aunque su estado no fuera óptimo. Otras zonas periféricas tenían montañas de basuras, tan extensas como toda una aldea. Aquella aglomeración de todo lo que se pudiera imaginar no existía en Ho, y menos aún en las zonas tranquilas de los poblados y de los paisajes que se extendían por kilómetros en su tierra natal.

Una noche, en la playa, cuando se disponían a descansar, unos hombres los abordaron, los asaltaron y les robaron el teléfono móvil con el que se comunicaban con su familia. Los asaltantes, frustrados por el exiguo botín, dieron un cachete a Kawakuga y se marcharon. Aquella noche fue la más horrible; la soledad, la impotencia, la rabia y la tristeza ya no desaparecieron durante el resto de los días en Accra. La ciudad cada día los marginaba y los dejaba de lado. Ellos no sabían cómo salir de aquella espiral de abandono que los degradaba. Una noche, mientras dormían en unas obras abandonadas, Manu despertó a su hermano.

—Kawa, he tenido un sueño terrible. Un pájaro negro, que parecía un águila o un cuervo, pero más grande, me picaba el pie derecho y me caían gotas de sangre también del otro pie y del brazo; no podía moverme, aunque quería huir. He respirado profundamente varias veces y he conseguido escapar del sueño. Kawa, esto no me gusta. Algo no va a salir bien. Hay peligros muy cerca.

Su hermano le dijo:

—Manu, yo he tenido un sueño parecido al tuyo. Había un pájaro negro, muy grande, que quería hacernos daño. Pero apareció otro pájaro negro, más pequeño, con el pico afilado y robusto como una tijera de podar. El pájaro pequeño arrancó con el pico las plumas grandes de una de las alas del pájaro grande; eran las mismas plumas que nosotros arrancamos a un pájaro o un gallo para que no pueda volar. A continuación, cercenó algunas plumas timoneras. El pájaro grande quiso atacar torpemente, pero el pequeño lo miró con fiereza y se retiró hasta quedar fuera de su alcance. Entonces, me despertaste.

—Es un aviso de los espíritus. Debemos salir de este lugar. Somos el pájaro pequeño que ha sabido detener al peligroso pájaro grande. Demos las gracias a nuestros protectores por sus advertencias —se animaron el uno al otro—. Alcanzaremos lo que nos pidieron al salir de casa, pero no aquí.

★★★★★

Al día siguiente, más esperanzados, se dirigieron hacia la región de Ashanti. Primero, los vehículos que los acogían los llevaron por la costa a Cape Coast y, desde allí y después de varios transbordos por la N8, hasta Kumasi.

La ciudad les pareció demasiado grande; no quisieron detenerse para evitar una nueva experiencia humillante. Prefirieron seguir adelante buscando un lugar más pequeño, donde quizás fuera más fácil relacionarse. Una furgoneta los llevó hasta Ntonso, un pueblo algo al norte de Kumasi, donde existían varios negocios de tinturas de telas.

En Ntonso, una familia los alojó en su casa, les dio comida y descanso. El primer día hablaron poco en inglés: unos no sabían *ewé* y los otros desconocían *twi*, que es el idioma predominante en la región de Ashanti. La familia hospitalaria les prestó un teléfono para que se comunicasen con sus parientes de Volta. Hacía semanas que nadie les había expresado un cuidado tan generoso. El corazón se les llenó de gratitud y de confianza.

Dos días más tarde, la familia les señaló, previa conversación con parientes próximos, que serían aceptados en un pueblo cercano, Bonwire. De este modo, Kawakuga y Manu conocieron a la familia de Siara.

GHANA: ASHANTI. LA FAMILIA DE SIARA

Meses antes.

Eran las seis de la tarde, anochecía.

—¡Ahsán! ¡Ahsán! ¿Dónde te has metido? ¡Verás si te encuentro!

Mamá Siara hizo como si buscara en todos los rincones de la casa. Pasó por delante de la mesa y del arcón un par de veces. Dio alguna vuelta a la habitación contigua y de nuevo a la sala. Mamá se acercó en silencio al arcón con puertas delanteras del salón; lo abrió, y el susto lo tuvo Ahsán en lugar de su madre.

—Uuh! —dijo Ahsán, sobresaltado.

—¡Te pillé! —respondió mamá.

Ahsán sonrió feliz como si fuera él quien hubiera ganado el juego. Tenía 5 años.

La familia de Siara era de Ashanti, en el centro-sur de Ghana. Pertenecía al grupo akan, del que forman parte los ashanti en el interior, los fante en la costa y otros grupos menores repartidos por el norte y sudoeste del país.

Siara había tenido dos hijos de un primer esposo que había fallecido: Sara, de veintidós, que vivía en Kumasi; y Joseph, de treinta y uno, que vivía en Accra. Posteriormente, Siara se había vuelto a casar y había tenido otros tres hijos: dos chicas, Anita, de quince y Naomía, de dieciséis; y un niño, Ashán, el menor. Omar, de dieciséis años, era hijo de una hermana fallecida de Siara, y era considerado un hermano más. El segundo marido de Siara trabajaba como reparador de maquinaría simple allí donde se le necesitaba; pasaba días fuera de casa y cumplía con su obligación de aportar unos ingresos a la familia.

La familia no dependía de los campos de cacao de Ashanti ni del poderoso grupo de compañías que cubrían a los plantadores de cacao. No tenían ninguna implicación política con esta portentosa fuente de ingresos que es el grano de cacao exportado al resto del mundo. La ausencia de posesiones cruciales les había permitido una vida relativamente tranquila. El sustento de la familia de Siara tampoco dependía de las tierras propias. Era una gran familia de artesanos: unos trabajaban en telares, otros en las tinturas de telas, otros en la fabricación de muebles y utensilios de madera; otros eran alfareros. Los productos se vendían principalmente en el gran mercado central de Kejetia en Kumasi, la capital de la región. Las vidas de los hijos de Siara habían transcurrido en un entorno amable y sin grandes complicaciones. No eran ricos, pero en absoluto tenían limitaciones.

Cada día, Ahsán cogía unos cuadernos, una bolsa de plástico con lápices y se dirigía a la escuela. La escuela era un centro de enseñanza preescolar; allí se aprendía a jugar y a relacionarse con otros niños. El *twi* era el idioma de los ashanti, pero en la escuela se enseñaba inglés, el idioma oficial de la nación. Ahsán hablaba *twi* a su madre, hermanas y a todos los otros miembros de la familia. Introducía palabras y frases en inglés que aprendía de su maestra que se manifestaba incentivada por la curiosidad y el interés que mostraba el niño. Siara acompañaba cada día a su hijo a la escuela, del mismo modo que había hecho con sus otros hijos hasta que tuvieron edad para ir solos. La asistencia a la escuela era una obligación mayor de la familia.

Las niñas

Las hermanas de Ahsán crecieron pronto; a los catorce años habían tenido la menstruación y comenzaban a estar desarrolladas. Anita y Naomía, cada una en su momento, fueron recluidas en una sala con las mujeres mayores de la familia e informadas de cómo debía comportarse una mujer. Los ritos de madurez fueron sencillos: una presentación en sociedad con danza de tambores, bonitos vestidos y declaración de virginidad, que validaba el matrimonio.

Anita y Naomía habían estudiado primaria desde los seis a los doce años; justo habían obtenido el Certificado de Educación Básica antes de casarse. A los dieciséis, convertidas en esposas, dejaron la escuela. Los matrimonios de las niñas fueron una alegría para Siara. Estarían colocadas, tendrían una dote, un marido y una vida planificada.

El rito del casamiento, con medio año de diferencia entre las dos hermanas, siguió la tradición. Naomía fue la primera. El novio solicitó el matrimonio en secreto a la novia. Una vez aceptado, el novio informó a su familia para obtener su conformidad. La familia del novio realizó investigaciones y estuvo de acuerdo en pedir formalmente a la familia de la novia el matrimonio de su hija. Mientras, la familia de la novia investigó los antecedentes y las características de la familia del novio. Una vez cumplidos los trámites con un desenlace satisfactorio y de establecerse la dote que el novio ofrecía a la familia de la novia como agradecimiento de haberla criado hasta aquel momento, el novio ofreció vino de palma a la familia de la novia; se selló el pacto y se fijó el día de la ceremonia.

El matrimonio de Anita siguió los mismos preliminares. Las bodas fueron alegres y espléndidas en ambos casos. El novio ofreció a la familia de la novia botellas de vino de palma y dos botellas de licor. La música en vivo sonó con unos ritmos de baile al inicio de la ceremonia. La familia del novio se acercó al lugar donde estaba la familia de la novia y anunció:

—Nuestro hijo ha conocido a la más bella flor del jardín. Se ha enamorado y nos ha pedido que intercedamos ante su familia para que acepte su unión en matrimonio.

Entretanto, la novia estaba escondida entre las damas de honor, todas ellas vestidas con hermosos trajes de colores. Durante la ceremonia y después de la petición del novio, la familia ofreció al novio otra joven como posible pareja. El novio dijo:

—Es hermosa, pero no es la flor maravillosa que yo he conocido.

El truco se repitió con otra joven, y el novio volvió a insistir:

—Es hermosa, pero no es mi flor amada.

Finalmente, las damas de compañía, que cubrían a la novia totalmente, se fueron abriendo como pétalos de flores y apareció la novia en todo su esplendor. El novio dijo:

—Sí. Ella es la flor deseada del jardín.

Los novios iban vestidos con sus mejores telas y trajes hechos para la ocasión; las parejas parecían reyes con bordados de oro. El novio ofreció a la novia el anillo y distintos regalos como vestidos, zapatos, ropa, joyas y una maleta. También vino, licores, aceite y dinero para los hermanos de la novia y otros familiares. Invocaron el apoyo de los antepasados y la protección de su consejo. La unión quedó firmada con un corto documento escrito por cada una de las familias, en el que se confirmaba el acuerdo. La música y los bailes volvieron con gran animación; bailaron los novios y todos los presentes, niños y mayores. Así quedaba sellado realmente el matrimonio. La boda civil era necesaria a efectos administrativos; se celebró discretamente cuando las jóvenes alcanzaron la mayoría de edad.

Anita y Naomía fueron a vivir con sus maridos en los pueblos vecinos de Adanboase y Antoa. Mantenían un contacto casi diario con su madre, Siara. Las nuevas familias se dedicaban a la alfarería y las telas. En su conjunto, formaban una población de artesanos que cubría la mayor parte de habilidades que tenía la región al norte de Kumasi.

Al cabo de un año, Naomía tuvo un bebé. La ceremonia del nombramiento ocurrió a los pocos días de su nacimiento.

Se quemaron hierbas para ahuyentar a los malos espíritus; los familiares cantaron y bailaron para atraer a los buenos espíritus. El bebé, ahora llamado Seth, formó parte, desde aquel momento, de la familia y de la comunidad. El primer día que Ashán vio a Seth, hizo como si no existiera. No dijo nada, pero probablemente fue la primera vez que Ahsán experimentó algo tan hiriente como los celos.

EL MERCADO DE KEJETIA

Siara recibió con inmensa alegría la llegada de Kawakuga y Manu. La familia tenía una gran suerte: había conseguido casar a dos hijas jóvenes y había tenido la fortuna de acoger a dos chicos que procedían de un lugar más pobre, habían migrado hasta su casa en Bonwire y tenían ganas de trabajar. Kawa y Manu enseguida congeniaron con Omar por tener casi la misma edad y sintieron simpatía por Ahsán, que los observaba con cautela.

Los chicos se entregaron a la nueva familia y ayudaban en la casa. En el huerto, sabían manejarse con soltura, ya que el cuidado de los campos era lo que conocían desde pequeños. Se aplicaron en las labores con las telas y tejidos, y acudían los días de mercado transportando las mercancías. Eran amables y estaban siempre sonrientes, abiertos a aprender con entusiasmo, complaciendo a la familia que deseaba repartir las faenas cotidianas. Los chicos se sentían afortunados por haber encontrado una familia tan acogedora. Con el *salario* de los primeros trabajos pudieron comprar dos teléfonos móviles y tarjetas de uso local.

En poco tiempo, Kawa y Manu se entendían bien en *twi* y en inglés. También aprendieron algo de hausa, indispensable para moverse por el mercado de Kejetia; y comprendían palabras de otros dialectos Akan.

- Por añadidura, Ahsán había recibido el regalo de jugar al fútbol con dos hermanos mayores, a quienes conseguía meter goles casi siempre. Kumasi era el lugar de nacimiento de importantes figuras del fútbol, cuyos nombres Ahsán conocía de memoria.

Durante los meses siguientes, Kawa y Manu aprendieron distintos oficios. Tintaban telas con un pigmento llamado aduro obtenido de la corteza profunda y de las raíces de un árbol de color ferruginoso, llamado *badie tree*. La madera se pulverizaba y se hervía en agua en un fuego de leña hasta que desprendía el pigmento, que, posteriormente, se seguía hirviendo hasta espesarse. Con este pigmento se pintaban moldes de calabaza cada uno con un símbolo, y se dibujaban líneas y figuras con distintos signos sobre los tejidos. Así, se obtenían las telas para los vestidos *Adrinka*, que utilizaban como muestra de rango los antiguos reyes ashante, pero que actualmente se habían popularizado en múltiples prendas de calidad muy variable.

Kawa y Manu estaban acostumbrados a las telas kente tintadas a franjas de colores muy vivos que simbolizaban distintas propiedades y virtudes. En Volta, las telas eran tintadas por los hombres y los motivos eran animales y personas. En Ntonso y en otros pueblos cercanos a Kumasi, las telas eran tintadas por mujeres y los motivos eran geométricos. La técnica era muy parecida en los dos lugares y los tejidos en principio eran de algodón, aunque en la actualidad se encontraban telas hechas con combinaciones de otro tipo de hilos. En poco tiempo emplearon con soltura los tintes en diferentes telas y aprendieron distintos métodos de tintar. Paralelamente, aprendieron a cortar la ropa según patrones, siguiendo el sentido de los hilos, y a coser con máquinas antiguas Singer accionadas con el pie y con la mano. Podían hacer trajes para hombres y mujeres, aunque nunca tomaban ellos las medidas de las prendas.

Omar les enseñó alfarería a mano y en torno, principalmente fabricación de utensilios de cocina, platos, ollas, vasos, jarras y otros recipientes. La sensación del barro blando, moldeable, que se escurría entre los dedos les entusiasmaba. Más adelante, la construcción de formas a partir de cilindros o pequeñas barras apiladas dando forma a una esfera hueca, moldeada con el torno de pie, los cautivó. La creación de cuellos, bordes anchos redondeados, pequeños picos para facilitar el vertido de los líquidos y el ensamblaje de asas y otros adornos les dieron en poco tiempo la sensación de ser artistas. Las piezas se cocían en el horno de leña en una cocción simple; muy raramente se esmaltaban, y nunca completamente. El color resultante dependía del tipo de arcilla, más oscura, rojiza o más clara.

El mercado de Kajetia es uno de los más grandes de África subsahariana occidental. Miles de tiendas en edificios de obra y tenderetes apretados y cubiertos con techumbres de planchas metálicas onduladas atienden a miles de personas que acuden a comprar utensilios de la casa, ropas, vestidos, teléfonos, aparatos eléctricos, música, así como verduras, frutas, legumbres, pescado fresco, seco y ahumado, carne y cualquier otro objeto que pueda imaginarse. El tránsito de cualquier turista puede ser desesperante por la multitud de gente y de callejuelas que se cruzan y conducen a la desorientación total. Recorrer todo el mercado, cosa que solo hacía algún turista curioso, podía necesitar casi todo un día. Además, había vendedores ambulantes. Algunas mujeres portaban un sombrero de ala muy ancha, rígido, del que colgaban, en el borde, perchas con vestidos.

Las piezas de ropa y alfarería se vendían en áreas distintas del mercado. La familia amplia de Siara ponía las artesanías a la venta en conjunto, al margen de qué miembro de la familia las hubiera realizado. De hecho, no podía identificarse al autor de las telas y las cerámicas. Sin embargo, Kawa y Manu reconocían en qué obras habían intervenido y en cuáles no.

Por la noche, en la cama cuchicheaban:

—Kawa, ¿has visto cómo se han vendido todas las ollas que he hecho?

—Sí. He sido yo, o ha sido Omar quien ha mandado comprarlas.

—¡Mientes!

—Mañana para desayunar pondré carne de perro en lugar de pollo en tu *waakye*.

Manu levantó el pulgar hacia arriba, dirigido hacia su hermano en señal última de desaire y burla.

Omar insistió en que se matriculasen en la escuela para terminar los estudios de secundaria júnior. Traían consigo las valoraciones de la escuela en Volta. Los aceptaron. Sin embargo, Manu no finalizó su etapa de formación básica y tampoco tenía el menor interés por aprender en la escuela. Cuanto menos podían defenderse en francés.

Durante el año en Ashanti. Kawa y Manu dejaron de ser niños; ya tenían quince y dieciséis años. El cuerpo les había cambiado. La voz era más gruesa. Tenían una musculatura fuerte, tenían pelo y sabían que ya podían ser hombres. Deberían medir un metro setenta o quizás más.

Sus gustos se habían transformado. La ropa era diferente, nueva, moderna, con nombres de equipos de futbol estampados o con frases en inglés, algunas de especial potencia; tenían camisetas negras (quizás falsas) en las que se leía con letras grandes *UNDER ARMOUR* y encima el símbolo rojo característico de la marca.

El gran mercado de Kumasi también fue una fuente de inspiración. Había potentes reproductores de música. Empero el gran descubrimiento fue internet; cualquier país podía aparecer en las pantallas, cualquier ciudad, vehículo, viaje, instrumento y actividad eran accesibles. Asimismo, el control en el manejo de aparatos electrónicos, el escuchar *afrobeat* y bailar hiplife, twirap y *hiphop* solos o en compañía de otros muchachos les dio la certeza de que pertenecían a una generación joven, creciente, que confiaba en tener algo que decir al mundo y albergaba la seguridad de ser vistos y escuchados.

Empezaron a fantasear con viajar fuera del país; la expectativa de aventura y de éxito les atraía sin límite. Kawa y Manu tenían presentes las palabras de su padre y el compromiso de obtener recursos para cuidar, mantener y hacer prosperar la tierra de sus familiares. No obstante, la curiosidad por lo que veían en las pantallas de los ordenadores y tabletas, en los televisores y en los modelos nuevos de teléfonos inteligentes, se fue convirtiendo en una ilusión por conocer lugares donde tener acceso a innumerables experiencias inéditas. Ya no se trataba solo de la responsabilidad hacia la tierra de sus ancestros; ahora, era su vida como adultos independientes la que reclamaba un cambio. Se veían vestidos con ropas elegantes de marca, relojes con grandes capacidades y teléfonos inteligentes; se percibían caminando despreocupadamente en una gran ciudad o conduciendo su propia motocicleta o su propio coche; se contemplaban a sí mismos enviando dinero a sus familiares y se alegraban por las miradas de agradecimiento y orgullo de su padre, el señor Afi Okyere.

Kawa y Manu habían conseguido una posición en su nueva familia; eran queridos y apreciados. Su trabajo era bien valorado y podían desenvolverse perfectamente en los mercados de Ashanti. Además, podían visitar a sus familiares en Volta; podían enviarles dinero. En Bonwire, todos les echarían en falta si se trasladaban lejos.

Omar no veía la necesidad de trasladarse a otro lugar. No eran pobres, se podían mantener perfectamente con su trabajo. Profundamente sentía: «Esta es mi casa, aquí estoy bien».

Decidió no viajar. Los argumentos de Omar a favor de que se quedaran en Bonwire no sirvieron de nada. Preguntaron la opinión a Siara. La madre lo pensó y consultó con otros miembros de la familia; se reunieron las mujeres y debatieron sobre si los jóvenes debían buscar su camino. Argumentaron que Kawa y Manu eran muy jóvenes para partir lejos, pero también que si esperaban, quizás más adelante les sería más difícil encontrar trabajo.

Kawa y Manu contactaron con Joseph para que les ayudara a gestionar la obtención del pasaporte ghanés. Tenían copias del certificado de nacimiento, pero poco más. Aprovecharon las visitas familiares de Joseph para rellenar documentos y plasmar sus firmas. Las gestiones no fueron fáciles; tuvieron que preparar formalidades intermedias, incluyendo verificación del domicilio en Ghana, para poder tramitar los pasaportes.

Joseph estaba preocupado por los papeles que Kawa y Manu necesitarían para entrar en Europa.

Los días siguientes fueron desalentadores. Según la página de información para inmigrantes, los requisitos necesarios para entrar en España eran pasaporte en vigor, visado, billete de ida y vuelta, efectivo de unos novecientos euros, acreditación de alojamiento durante la estancia o carta de invitación, seguro médico de asistencia de viaje, propósito de viaje y justificante de la duración. No se podía volar a Europa si no se tenían papeles de visado o de residencia. No había nadie en Europa que les hiciera una carta de contrato de trabajo; tampoco tenían parientes regularizados en ningún país. No tenían nada, excepto pasaporte y algunos ahorros para el viaje.

La única solución era aventurarse a viajar ilegalmente por mar hasta las islas Canarias. Una vez en tierra, sería más difícil que los expulsaran; de hecho, ya estarían en Europa. El viaje más sencillo era vía Dakar; el desplazamiento a través de Mauritania, Sáhara, y Marruecos, y el paso por el mar Mediterráneo parecía mucho más largo, complicado y peligroso.

Antes de su partida, Siara les manifestó que tendrían siempre el apoyo de toda la familia allá donde estuvieran y también dijo: «Que Dios esté con vosotros y os proteja. Que Dios os bendiga».

Ella era desconocedora del giro que había tomado la salida de los chicos.

DE KUMASI A LA TIERRA DE LAS PROMESAS

Hicieron el viaje de Kumasi a Dakar en autobús. Primero, fueron de Kumasi a Bobo-Diulasso en Burkina Faso, y de allí a Bamako, Mali, durante algo más de treinta horas. En Bamako, descansaron una noche en un descampado, y al día siguiente emprendieron el viaje de Bamako a Dakar que duraba doce horas. Les salió por unos cien euros por persona.

Una vez en Dakar, buscaron la estación de autobuses que los llevaría a Saint Louis, al norte de Senegal. No tenían la menor intención de saber, ni siquiera un poco, qué podía albergar aquella gran ciudad atestada de coches. Dos días más tarde, siguiendo la carretera por Thiès y Louga, llegaron a Saint Louis.

El viaje había sido largo y agotador, pero tenían mayor relevancia las diferencias entre las emociones que sentían en los pocos días transcurridos desde su partida. Nuevamente estaban solos ellos dos y la experiencia les causaba cierto aturdimiento. Parecía que hubiera pasado un largo período; los rostros de las personas queridas de Kumasi estaban presentes, pero a la vez lejanos. Por otra parte, se sentían unidos; eran conscientes de su mutuo cariño y de constatar el apoyo del uno con el otro. Sin mediar palabra, se sonrieron y se tomaron de las manos un momento. Guardaron los billetes de los trayectos de autobús para demostrar, una vez en Europa, las dificultades que había tenido su viaje.

Saint Louis está en la desembocadura del río Senegal y en la frontera con Mauritania. Había sido uno de los centros principales del comercio francés en África. La ciudad conserva hermosos edificios coloniales y el puente de hierro de Faidherbe, que une la isla de Saint Louis con el continente. Guet Ndar es el gran barrio de pescadores con más de cuatro mil tripulaciones.

A su llegada a Saint Louis, Kawakuga y Manu agradecieron a sus familiares, a los espíritus y a los dioses su ayuda y protección durante el viaje. Honraron la memoria de sus progenitores y recordaron los nombres de los distintos y numerosos miembros de la familia. Terminaron sus oraciones con fórmulas cristianas: «Dios esté con nosotros», «Dios nos ampare».

En Saint Louis parecía no haber cristianos; todos eran musulmanes. Muchas personas iban con caftán y pantalones anchos o con chilabas; el cuerpo tapado y los tobillos descubiertos; practicaban el hiyab. Las mujeres se cubrían la cabeza con pañuelos y, otras, también el rostro con un *niqab*. El saludo habitual era «la paz sea contigo», mientras se tocaban el pecho con la mano derecha. La mayoría eran wolof y hablaban árabe, aunque también francés.

Los chicos entendían el francés, pero se perdían y se sentían aturdidos cuando los otros hombres conversaban en árabe en su presencia tratando asuntos que les concernían. Era una clara forma de exclusión. Y era aún peor cuando los miraban con cara burlona y hacían algún comentario incomprensible.

Habían pasado por situaciones difíciles y alguna vez en Accra habían sido tratados con desdén por ser pobres. Ahora, la discriminación tenía que ver con una demostración de superioridad en cultura, raza o con algún tipo de distinción que no tenía nada que ver con la pobreza.

Las manifestaciones de superioridad no mermaron su determinación. Adentrarse en el mundo del transporte ilegal marítimo necesitó cautela, aplomo, valoración de las informaciones, contactos y destreza. Su trato con los demás había cambiado. Ya no había un acercamiento de respeto; la palabra «señor» solo la usaban para denotar cierto aire de aparente acatamiento que el interlocutor correctamente interpretaba como conocimiento y suficiencia. No se podía tontear con aquellos chicos.

Aquello era un gran mercado clandestino que se beneficiaba especulando con la necesidad de subsistir de unos seres humanos que, en su mayoría, habían sido relegados a la pobreza.

Las intervenciones de los hermanos eran directas, traslucían entereza y claridad de pensamiento. En caso de duda, miraban fijamente a los ojos del interlocutor, atentos a sus movimientos y su postura. Estos detalles revelaban si podía haber una intención de engaño o, por el contrario, la información era cierta.

Nunca llevaban dinero ni teléfonos consigo. Preguntaban y se retiraban; recibían ofertas veladas de distintos tipos. Recibían recomendaciones de viajes seguros en barcas de unos 25 metros llevadas por un patrón experimentado y dos o tres miembros de tripulación; estos viajes estaban dirigidos por personas que controlaban varias embarcaciones y sus tripulaciones eran contratadas. Los viajes clasificados como no tan seguros eran conducidos por pescadores que hacían horas extras para añadir un sobresueldo a lo que conseguían con la pesca. Las fechas siempre eran aproximadas y los puntos de encuentro no se sabían hasta el último momento. Algunos migrantes se encontraban confinados en almacenes portuarios por un par de días, esperando el momento oportuno para efectuar las salidas. Los controles policiales existían, pero también, en muchos casos, dependían de un acuerdo económico. Una posibilidad más incierta era la salida en barcos pesqueros pequeños, costeando hasta Nuadibú, en el norte de Mauritania, y de ahí saltar al océano.

En unas semanas, sabían cómo moverse. Siempre iban los dos juntos. De este modo, se reducían las ofertas de dinero a cambio de actos sexuales normalmente propuestos por hombres blancos con o sin sombrero o con hombres de piel oscura, no negra. El hecho de que fueran hombres quienes solicitaban tener sexo les resultaba incomprensible y la propuesta quedaba fuera de cualquier aceptación según sus tradiciones y preceptos.

Kawakuga y Manu hablaron por teléfono con sus familiares para informales de que estaban en Dakar esperando un vuelo que los llevaría a España. Las comunicaciones no eran fáciles por estar en países distintos y por la existencia de incompatibilidades con las tarjetas telefónicas. No debían preocuparse, todo estaba bien y no corrían ningún peligro.

La elección del viaje fue muy cuidadosa. Desconfiaban de los grupos grandes movilizados por agentes que actuaban a través de intermediarios; muchos de estos viajes tenían un solo destino sin retorno. En una posición opuesta estaban los pescadores. Las embarcaciones eran suyas y su único medio de vida. Estas tripulaciones, ocasionalmente, transportaban grupos reducidos de personas a las islas españolas si las predicciones del tiempo eran favorables. Los pescadores se jugaban la vida y el mantenimiento de sus familiares cada vez que partían de viaje a las islas. El patrón los escrutó individualmente; nada de armas, bravuconadas ni violencia. El mal comportamiento implicaría echarlos al mar para que nadaran hasta tierra.

Se embarcaron en un cayuco que llevaba treinta y nueve migrantes, a un precio de ochocientos euros por persona. El patrón y dos tripulantes, todos ellos miembros de una misma familia de pescadores, habían hecho la ruta a las islas Canarias varias veces; se les veía experimentados y dispuestos a no correr riesgos. Era muy posible que sus familias no supieran de estos viajes, que solo se les informara de largas expediciones pesqueras en las aguas de Mauritania.

En el cayuco había depósitos para combustible y agua potable. Se facilitaba alimento básico, sólido y seco. Las necesidades se hacían en cubos y el contenido era vaciado cada vez al mar. El descanso se basaba en el apoyo de unos cuerpos contra otros.

Era a finales de mayo. Nunca antes habían visto el mar tan cerca; ninguno de los dos sabía nadar y el océano era inmenso.

La travesía fue tranquila; había mujeres y niños, jóvenes y algún adulto mayor. Todos eran negros, unos senegaleses, otros de Malí, otros de Gambia, más raros, una familia de Costa de Marfil y ellos, de Ghana. Viajaban silenciosos; ocasionalmente, alguien cantaba o rezaba. Cuando anochecía, normalmente el mar se calmaba y la noche se volvía misteriosa en aquella barcaza rodeada del mar negro y centelleante con la luz tenue de una luna naciente. Kawa y Manu vieron las mismas caras durante varios días. Aquellas gentes eran pobres; sus facciones, vestido y marcas lo denotaban. Costaba entender cómo aquellas mujeres podían adentrarse en el mar en los cayucos con sus hijos pequeños y nada más. Para la mayoría de los ocupantes, aquel viaje era la última oportunidad; antes no se había conseguido nada y después solamente había incertidumbre y una esperanza remota de algo menos peor.

Una noche, Kawa le dijo a Manu, que dormitaba a su lado:

—Manu, ¡el mascarón de la proa se ha movido! ¡Es como una cabeza que se ha vuelto hacia nosotros! ¡No te muevas! ¡El cuello del mascarón tiene unos movimientos ondulantes! Parece como una serpiente con la cabeza grande. ¡Cuidado! ¡Manu, no te muevas!

En un primer momento, Manu se amilanó, pero pronto reaccionó con un codazo.

—¡Es un dragón marino blanco y con *tarbush*, y viene a llevarte consigo por mentiroso!

—¡Es *Adze*! ¡Mira cómo brilla su cabeza con la luna!

Miraron hacia los cuerpos durmientes y de los que reposaban a su alrededor.

—Parecen *obayifos* con puntos relucientes en las axilas; ¡solo piensan en comer! ¡Ya verás por la mañana! Estarán hambrientos.

Aquella situación era nueva. Nunca antes habían tomado a broma a las criaturas sobrenaturales. Al percatarse de la naturaleza de la bufonada, Kawa y Manu quedaron confundidos. No era bueno burlarse de los espíritus, y menos en aquellas circunstancias. Quizás habían ido demasiado lejos. Callaron, pero no pudieron dormir.

Una persona cayó enferma con fiebre y disentería; con el sol se deshidrataba. Al cuarto día, se estaba muriendo. Resultaba penoso ver aquella desgracia, pero íntimamente, la mayoría de las personas de la barca sentía repulsión y asco. En la barca flotaban deshechos y olía a excrementos podridos, olía a muerto. El moribundo repugnaba; quienes estaban a su lado se apartaban en lo posible sin conseguirlo y vomitaban. Además, la infección entrañaba un peligro para el resto del grupo. El hombre viajaba solo. Con los últimos estertores, con alivio, pudieron echarlo al mar.

Cerca de las costas de Tenerife, un barco español de Salvamento Marítimo los descubrió y los llevó a tierra firme. La travesía había durado siete días. El cayuco había transportado a treinta y ocho personas, además del patrón y sus dos ayudantes. No había que anunciar ningún incidente durante la travesía.

Sintieron un enorme agradecimiento a quienes les ayudaron a subir a bordo del barco de salvamento que, indudablemente, era mucho más seguro. Saludaron con la mano derecha y una pequeña inclinación de cabeza. Había hombres y mujeres vestidos de uniforme; debía de ser el ejército. Una vez en el barco, no salían de la duda de que pudieran llevarlos a prisión.

Al llegar a tierra, algunos lloraban, otros besaban el suelo, otros estaban todavía conmocionados y no sabían dónde estaban ni qué hacer a partir de aquel momento.

Kawakuga y Manu se hicieron fotografías con el barco y el mar al fondo. La tierra todavía se movía ondulante bajo sus pies; tenían la cabeza ofuscada y estaban algo mareados. Después, los envolvieron en telas termoaislantes. Lo primero que pidieron fue ir al baño. ¡Lo habían logrado!

El trato por parte de las autoridades fue muy amable y eficiente; comprobaron su estado de salud general. Los dividieron en grupos y los trasladaron a unos barracones. Les facilitaron ducha, ropa limpia, calzado, agua y comida. Había cuatro mujeres y tres niños que iban con las mujeres, siete jóvenes menores no acompañados (contando a ellos dos), dos adultos mayores; los restantes eran jóvenes mayores de 18 años. Dos de los menores no acompañados resultaron tener más de 20 años y fueron incorporados al grupo de adultos jóvenes. Los niños y sus madres tuvieron una atención especial desde el inicio, incluyendo un examen cuidadoso de su estado de hidratación y nutrición.

Les hablaron en un idioma desconocido, pero había miembros de lo que parecía el ejército que hablaban en idiomas diferentes. Se entendieron en inglés. Pronto, las autoridades comprobaron que se encontraban frente a dos emigrantes jóvenes ilusionados, sin conocimiento alguno de lo que implicaba lo que habían hecho. Solo fueron a abrazar al patrón, pero las autoridades no les dejaron.

LA LLEGADA

Habían tenido mucha suerte; la ruta de migración atlántica era muy peligrosa: cada año se llevaba cientos o miles de muertos; quizás eran más de los que se cuentan; algunos se los había tragado el mar o eran comidos por los peces, o sus restos irreconocibles habían aparecido años más tarde en costas americanas.

En días cercanos a la llegada de los ghaneses a Tenerife, una barcaza con ciento cuarenta migrantes a bordo sufrió una avería del motor y quedó a la deriva durante dos días cerca de las costas de la isla de Hierro. Una embarcación española de Salvamento Marítimo fue al rescate. En el momento de contacto de las bordas, todos los miembros de la barcaza siniestrada se apretujaron al mismo lado para subir a bordo del barco salvador; la embarcación volcó y todos cayeron al océano; solo se pudieron recobrar cuarenta supervivientes; el resto se ahogó en el mar.

Los centros de acogida en las islas Canarias estaban abarrotados; no había infraestructuras suficientes ni recursos humanos para hacer frente a la llegada de emigrantes. Los gobiernos locales y estatales no tenían la celeridad, la eficacia y la precisión requeridas. La rica Unión Europea no tenía una política común para enfrentarse con este drama humano. Las respuestas de los países ricos receptores con los migrantes ilegales son mínimas e ineficaces porque no atañen a los miembros de las propias comunidades.

Kawakuga y Manu eran menores extranjeros no acompañados (Menas), sin papeles. Se les abriría un trámite administrativo que documentaría su situación y destino. Pero los *Menas tienen derecho a la protección del Estado español en las mismas condiciones*

que los menores españoles, con independencia del lugar de nacimiento, y
por tanto las administraciones públicas tienen que velar por su bienestar.

Junto al hangar del centro de acogida, había un trozo de tierra
y piedras negras; también papeles y algunas latas vacías. Manu se
acercó y cogió varias piedras con formas extrañas que nunca antes
había visto. Eran negras, no muy pesadas, porosas, y casi redondas;
no estaban fabricadas por el hombre, eran naturales y, con seguridad,
habían nacido de la isla. Tomó un par y se las guardó en el bolsillo
del pantalón; era el primer regalo que tenía para Ahsán.

Manu sintió nostalgia por su padre Afi, pero quería olvidar
a su familia de Volta. El recuerdo le producía dolor. No quería
evocar la pobreza de aquel entorno. Su recuerdo más vívido y
emotivo fue para su familia de adopción en Ashanti; sabía que
allí vivían bien y el ambiente era acogedor.

A las pocas semanas, fueron enviados por vía aérea a Madrid.
¡Viaje en avión! Sentados en butacas confortables, Kawa mostró
su colgante «el amarrillo del pollo» que seguía guardando como
un amuleto. Se oyeron comentarios en los altavoces y unas personas uniformadas les indicaron qué debía hacerse en caso de
inconvenientes durante el vuelo. Afortunadamente, había dibujos
y diagramas; no se entendía nada del idioma español, pero el
inglés sonaba perfectamente.

El avión empezó a correr por la pista a una velocidad verti-
ginosa; de pronto, el morro se levantó, el estómago también, y el
avión empezó a aguantarse en el aire con titubeos al principio
y poderoso y fuerte a medida que ascendía. Manu estaba al lado
de una ventana y veía el mar, cómo aparecían pequeñas nubes y
cómo la tierra ya no estaba más abajo. El avión mantuvo el vuelo,
se apagaron unas luces y los altavoces volvieron a decir algo.

El vuelo fue tranquilo, pero la emoción los embargaba.

Les ofrecieron unas galletas y algo de beber; eligieron Coca-Cola. Más adelante, vieron tierra, como un desierto y nada más; después volvieron a ver el mar y, finalmente, tierra hasta aterrizar.

El aterrizaje, con el golpe de las ruedas en el suelo y el tremendo frenazo, les puso los nervios de punta; pensaban que iban a estrellarse, pero nadie en el avión parecía especialmente preocupado. Se sonrieron con cara de susto y de suficiencia. Chocaron las manos. Se recostaron en la butaca, mientras el avión rodaba por la pista hasta la puerta de desembarque.

Afi, el padre de Kawa y Manu, murió en agosto de 2024. Nunca llegó a saber qué había ocurrido a sus hijos. Su cuerpo fue preservado con hierbas y enterrado tres días después de su muerte. El funeral tuvo lugar dos semanas más tarde, para dar tiempo a que pudieran llegar los familiares que vivían lejos. En la ceremonia se sucedían canciones, bailes y música de tambores. Algunos presentes iban con ropas kente, de colores vivos; los familiares recibieron donaciones para poder costear los gastos.

★★★★★

La nostalgia de los que quedan no tiene barreras étnicas; es un sentimiento universal. Cuando escribía acerca de la partida de Kawa y Manu, me venía a la memoria la canción *Danny boy*, que puede representar el dolor de la partida de un hijo de las tierras remotas de una Irlanda antigua, al igual que lo puede ser hoy en las tierras de Volta en Ghana.

Oh, Danny boy, oh, Danny boy. I love you so.
And if you come, when all the flowers are dying
And I am dead, as dead I well may be
You'll come and find the place where I am lying
And kneel and say an «Ave» there for me.
And I shall hear, tho' soft you tread above me
And all my dreams will warm and sweeter be
If you'll not fail to tell me that you love me
I simply sleep in peace until you come to me.

Danny boy, ANDY WILLIAMS

Ebele

Come mothers and fathers throughout the land
And don't criticise what you can't understand
Your sons and your daughters are beyond your command
Your old road is rapidly agin'
Please get out of the new one if you can't lend your hand
For the times they are a-changin'
The Times They Are A-changin', BOB DYLAN

AFOLABI IDOWU Y SU HIJO AYO

Afolabi Idowu nació en una familia originaria de una ciudad pequeña de la Región Este en Nigeria. De joven se trasladó a Lagos a un pequeño piso en un barrio periférico abarrotado de coches, ruidos y contaminación. A medida que su situación económica mejoraba, su proyección social era valorada con agrado en su entorno. A los pocos años se casó y la familia se trasladó a Lekki I, un barrio lujoso cercano a las islas de Lagos y Victoria.

Afolabi Idowu era un hombre robusto, con algo de tripa pero ágil; tenía un aire imponente y decidido. Su esposa, Ogechi, era una mujer gruesa, siempre elegante, con pelucas atractivas, vestidos caros y variados, manicura cuidada, maquillada con preciados cosméticos e iba siempre adornada con pendientes, collares, anillos y pulseras de oro. El matrimonio había tenido dos hijos varones, Kayin y Ayo, y dos chicas, Dayo y Yeji.

Cada domingo, toda la familia iba al templo de la iglesia pentecostal donde el pastor oficiaba el servicio religioso. Primero cantaban en coro las alabanzas al Señor, las peticiones y los agradecimientos a las donaciones de gracia. Seguía el sermón del pastor que conmemoraba la llegada del Espíritu Santo sobre los apóstoles y seguidores de Jesucristo, y clamaba por el seguimiento de los evangelios con la invocación de ayuda al Espíritu Santo. Esta creencia y entrega, continuaba el pastor, facilitaban la prosperidad, la salud y la protección familiar.

—Dirigirse con humildad al Señor aparta las fuerzas malignas. ¡Feliz día del Señor! —se despedía el pastor.

La ceremonia religiosa era también una representación social donde las familias se mostraban vestidas con sus mejores trajes y joyas, se saludaban y compartían alguna noticia menor o algún chisme para hacerse notar.

En su casa, el señor Idowu tenía un trato cercano con sus hijos, y ocasionalmente les explicaba cuentos de la tortuga *Àjàpá*. La tortuga se enfrentaba a personajes más fuertes, más ricos o valerosos. Sin embargo, siempre conseguía timarlos o engañarlos y salir vencedora. No se trataba de que triunfaran los valores mejores; el mensaje era que, en un conflicto o en un negocio, debía ganar el más listo, el que conseguía embaucar o timar a los demás. Los cuentos de la tortuga *Àjàpá* eran fábulas para despertar y estimular la astucia, aunque esto no era totalmente cierto; los cuentos en los que la tortuga salía malparada eran ignorados. En sus narraciones para su hijo, *Àjàpá* era el propio Afolabi.

En la intimidad, el señor y la señora Idowu tenían aficiones poco habituales. A la madre de Ayo le apasionaba la música, en especial, la música barroca y ante todo Johann Sebastian Bach.

La casa resonaba con las cantatas, los conciertos para órgano y el delicado Pequeño libro para Anna Magdalena Bach dedicado a su segunda esposa. Se imaginaba a la joven señora Bach cantando con voz de soprano mientras el viejo tocaba el piano para ambos. La señora Idowu cerraba los ojos y se transformaba en la propia Anna Magdalena, ahora en silencio respetuoso entre los niños del coro frente al órgano de la tribuna norte de la Iglesia de Santo Tomás en Leipzig. Pasado el trance, de vuelta a la realidad del salón, arreglaba algún jarrón con flores o movía de lugar alguna estatuilla y volvía a lo que hacía un momento había olvidado.

Las aficiones musicales de su esposa no coincidían totalmente con las del señor Idowu, quien prefería góspel en los servicios de los domingos o bailar con su mujer algún día de fiesta. Sus cuerpos grandullones se entendían perfectamente. El matrimonio bailaba con músicas africanas, pero también danzas del Renacimiento y tango aprendido con un profesor argentino que había montado una escuela de baile en Lagos. «Si no sabes bailar bien, será mejor que no te levantes». Todas estas diversiones pertenecían a su vida privada guardada con celo para preservarla de intromisiones exteriores.

Si era hora de salir hacia el despacho, Afolabi se acicalaba frente a uno de los espejos de cuerpo entero de su vestidor y subía al coche. Mientras el chófer lo llevaba a la sede de sus negocios, Afolabi cambiaba de aspecto y, una vez entrando en el edificio, se convertía en el empresario señor Idowu, exhibiendo su tripa y su corpulencia, regalando un trato educado y amablemente distante a sus empleados, que lo recibían con obediencia y admiración.

Addana tenía unos 28 años cuando entró en la casa como niñera de Ayo. Había nacido y se había criado en una aldea del sur de Nigeria. El nombre fue elegido en recuerdo de una hermana de su madre fallecida unos meses antes. Addana era menuda, de rasgos suaves; sus ojos oscuros tenían una mirada profunda y risueña. Era cariñosa y paciente, excepto cuando se enfadaba si Ayo no cumplía una orden. Educó a Ayo en el respeto a sus mayores, abarcando a sus padres vivos y a sus antepasados, cuidando en alimentar la dignidad y el buen nombre de la familia. Le decía:

—Un chico maleducado puede arruinar la casa que lo ha visto crecer.

Y también:

—Un chico que sabe lavarse las manos podrá sentarse a la mesa y comer con sus mayores.

La consideración por los padres se resumía en pocas palabras:

—Tu madre es oro, tu padre es cristal.

En algún momento después de la cena, Addana narraba cuentos.

—Una vez, había un loro gris que sabía hablar y tenía la habilidad de corregir a cualquiera que no dijera la verdad. Su dueña, una mujer mentirosa, quería deshacerse de él. Pasó un hombre delante de su casa y la mujer le dijo: No puedo tenerlo conmigo, come mucho y yo soy pobre. Y el loro gritó: «¡Es mentira!».

Ayo la seguía atento, sin pestañear, hasta el asombroso final.

Otras leyendas eran terroríficas:

—En el bosque había un árbol gigante llamado Iroko en el que vivía un hombre que salía por las noches con una antorcha para asustar a los caminantes. Cualquiera que le viera la cara, se volvía loco o moría. En las casas que tenían algún mueble hecho con madera de Iroko se oían extraños gruñidos y crujidos por la noche. Era el espíritu de Iroko que quería merodear por los caminos en forma de una antorcha.

Addana debía de estar al servicio de la casa desde el nacimiento de Ayo hasta los 6 años en que iniciara la escuela primaria, pero permaneció hasta que Ayo fue mayor de edad. Durante este largo tiempo, el señor y la señora Idowu habían tomado afecto a aquella joven cariñosa, efectiva y leal. Ella fue la única niñera, entre todas las que cuidaron a los hijos de la familia durante la edad escolar, que continuó en la casa como la criada de confianza de los señores Idowu.

En varias ocasiones, el señor Idowu ayudó económicamente a los padres de Addana a sostener y ampliar su negocio en su pueblo natal. Una vez de vuelta al hogar, Addana y su familia siguieron siendo tratados con atención. Una o dos veces al año, Addana visitaba a sus antiguos señores, les transmitía el respeto de sus padres y les traía algún regalo. Ayo también visitaba a la familia de Addana acompañado de un obsequio que incluía alguna botella de licor para el padre, perfume para la madre y una pequeña joya de oro para Addana.

La riqueza de los señores Idowu no era hereditaria. Afolabi procedía de una familia numerosa que vivía en una ciudad pequeña cercana a Ibadán; vivían de sus granjas y de la venta de productos en los mercados locales. Él era un chico hábil para los préstamos y pequeños negocios en las localidades cercanas. Aquella práctica inicial fue aumentando durante los años de la escuela. Siendo adolescente, su competencia había adquirido un grado de exquisitez muy avanzado para su edad.

Con los años, Afolabi Idowu amplió sus negocios, saltó a Lagos y se incorporó al mundo financiero. La empresa se inició en un pequeño despacho individual alquilado a un precio aceptable. El material era papel, copias de sellos, firmas, membretes y copias de documentos oficiales para ser amañados para nuevos usos. La manera como obtuvo todo este material se basó en artimañas y en el reparto de favores a los intermediarios que trabajaban en lugares estratégicos cercanos al poder.

Afolabi se convirtió en el señor Idowu, un experto *Oga;* consiguió una considerable fortuna al establecer colaboraciones de nuevos inversores con supuestos propietarios o compañías relacionadas con obra pública, o con la creación de nuevas empresas de productos manufacturados y filiales vinculadas a la producción de derivados del petróleo o de empresas petro-líferas interpuestas.

Los trámites iniciales requerían una información suficien-temente documentada con certificados sellados oficialmente, testimonios de las características de las empresas, balances de acciones previas e incluso posibles avaladores, en muchos casos adscritos a departamentos institucionales o a los ministerios del gobierno de Nigeria. Las ventajas para el nuevo socio se pre-sentaban evidentes a medio plazo, de modo que los gastos de la asociación o inversión debían de ser cubiertos por ambas partes en una proporción variable. Las transferencias de dinero iban siempre en la misma dirección y los pagos por supuestos gastos adicionales, gastos inesperados de sobornos o facilitación de trámites y retrasos en los plazos eran asumidos por los incautos hasta que comprendían que aquellos movimientos eran falsos y que habían sido timados.

El señor Idowu hablaba inglés con estudiado acento britá-nico y yoruba; pero si alguien soltaba alguna parrafada en *pidgin* creyendo que su comentario no sería comprendido, lo rebatía en *pidgin* calmado, preciso, definitivo y contundente.

El señor Idowu había blanqueado parte de sus ganancias invirtiendo su dinero en la creación de empresas legales y solventes. Era un hombre admirado que había sabido aprovechar su inteligencia para hacerse rico, poder relacionarse con los privilegiados, y ser él mismo parte de una élite. Sin embargo, lejos de detener sus actividades y llevar una vida pacífica, al padre de Ayo le movía una afición por el riesgo. Era un juego lucrativo pero peligroso, tanto más si había individuos que se habían encontrado atrapados por la estafa y llevados a la ruina. Rodeado de riqueza y de negocios respetables seguía teniendo el mismo espíritu intrépido de un adicto a la estafa.

Quien haya vivido o visitado Lagos, enseguida puede reconocer en las viviendas la expresión de la abundancia y de la riqueza. Lagos no es diferente a otros lugares en este aspecto. La familia de Ayo vivía en una casa de dos plantas con terrazas, un amplio jardín, piscina, garaje y despensa. En la parte posterior y separada unos 70 metros había una casa adicional para el servicio. El recinto estaba rodeado por un muro de cemento, con alambre doble de concertina en lo alto; y protegido con cámaras de seguridad en varios puntos. En el exterior había una caseta adosada para el servicio de seguridad de la casa. La puerta de acceso era de dos alas de hierro negro con puntas doradas, que podía abrirse eléctricamente o a mano en caso de necesidad. El atrio tenía cuatro columnas y un frontón liso; todo de piedra blanca y mármol. En la planta baja, se encontraban tres salas grandes, un comedor, dos baños, la cocina, y un despacho. En la primera planta, había cinco habitaciones cada una con baño y con ventanas abiertas al exterior; en el piso alto, tres habitaciones, dos baños y una terraza. Las paredes estaban decoradas con papel pintado y los techos tenían estucados. La ornamentación era profusa, con muebles macizos, de maderas nobles y detalles dorados; esculturas de gran tamaño de cisnes, tigres y otros animales; lámparas relucientes; y objetos de oro y cristal. Todo denotaba exceso y ampulosidad. El jardín tenía un suelo de césped bien cuidado, dos palmeras y varios árboles de sombra, así como una pérgola, y un sinnúmero de plantas con flores. El garaje tenía cabida para cuatro coches; dos todoterrenos, dos berlinas, Toyota y Mercedes; todos con los vidrios tintados de negro. Nadie podía pasar por alto que allí vivía una gente favorecida por el destino.

El señor Idowu protegía a su familia nuclear, a su familia extendida y a la familia de su mujer. Hacía favores, buscaba lugares de trabajo para sobrinos y tíos lejanos, prestaba dinero e incluso había donado cantidades a fondo perdido. Era una persona querida por sus familiares y amigos, y contaba con la credibilidad de su palabra. Cuando hacía una promesa a personas de su confianza, todos sabían que su honor estaba comprometido y que el acuerdo llegaría a un buen final.

El señor Idowu también ayudaba a una estudiante universitaria a la que le había alquilado un pequeño piso, pagado la matrícula, y todos los gastos de mantenimiento para que pudiera terminar los estudios. La chica estaba muy agradecida por no tener ningún tipo de preocupación económica; era leal y fiel al señor Idowu, que la visitaba una o dos veces por semana.

—¿Cómo te ha ido? Te he traído un regalo, unos zapatos.

Y ella respondía con una sonrisa.

—Eres mi *baba agba* preferido.

Emocionalmente, Afolabi se sentía gratificado con estas palabras y se creía, por unas horas, un protector amado. Su mujer conocía las limitaciones que el propio señor Idowu ponía a su generosidad para no interferir en la estabilidad de su matrimonio. Estaba satisfecha de la discreción de su marido. Su hijo Ayo obtuvo las licenciaturas de Ciencias Políticas y de Ciencias Económicas en Lagos. Después, quiso marchar al extranjero para completar su formación. Preveía la trayectoria de sus hermanos, y no era aquella la vida que deseaba. El hermano mayor, Kayin, continuaría en la línea de los negocios de su padre como emprendedor independiente. Las dos hermanas menores, Dayo y Yeji, se habían casado, vivirían holgadamente de los réditos familiares y de los adquiridos en sus respectivos matrimonios con personas de la misma clase social; disfrutarían de hermosas mansiones en lugares privilegiados de Nigeria. Todos viajarían alguna o varias veces a Europa, Estados Unidos y Kuwait.

Ayo completó los estudios en Londres, Barcelona, Turku, Kristiansand y Oslo con cursos y másteres sobre Gestión de Empresas, Mediación de Conflictos, Ciencias Económicas y Marketing. El día de su partida a Londres, su padre lo abrazó durante varios segundos; su madre fue más duradera en el abrazo y lo acompañó con unas caricias en la espalda y con un beso. Ambos le desearon suerte y lo animaron a que aprovechara las mejores cosas posibles, además de pedirle dedicación y pasión por los estudios. Le adoctrinaron:

—Solo perdurará aquello por lo que has luchado —y enseguida—: No saber es malo, no querer saber es peor —e inmediatamente—: Piensa, sobre todo: un tigre no necesita alardear de que es un tigre.

Ayo se incomodó por aquellos consejos que parecían dirigidos a un adolescente. Pero de inmediato escuchó:

—¡Dios te proteja! ¡Dios te bendiga! —Y vio a su madre enjugándose unas lágrimas inexistentes con un pañuelo bordado blanco.

Durante los años de estudios en Europa vivió con todos los gastos cubiertos por el señor Idowu. Ayo sentía agradecimiento hacia sus padres y reverencia por su generosidad. Fuera de casa fue consciente del sentimiento de amor y de confianza que le brindaban, y del cariño que les unía a ellos.

Mientras estuvo en Europa, Ayo visitó varias veces a sus padres en Lagos. Su madre seguía siendo vivaz y cariñosa a su manera. Aunque tenía todo lo que quería, le encantaba recibir la sorpresa de un regalo, un perfume o una joya. Afolabi Idowu estaba orgulloso de su hijo y lo manifestaba en cada uno de sus encuentros. Lo abrazaba por el hombro y caminaban unos pasos juntos compartiendo algún secreto. Ayo olvidaba los comentarios de su padre, pero agradecía el abrazo.

Afolabi preguntaba:

—¿Cuándo regresarás?

Pero en lugar de volver a Nigeria al término de sus estudios en Europa, Ayo empezó a trabajar para un *holding* empresarial noruego que lo destinó a Gambia con el objetivo de buscar consorcios entre empresas gambianas y noruegas de explotación y exportación de productos manufacturados. En Gambia conoció a Carolina.

Carolina Oliveras

En Bansang, río arriba del Gambia, vi por primera vez a Ayo. Estaba conversando con un médico y con la directora del centro al que yo había acudido para ver el funcionamiento del hospital. Nos saludamos y eso fue todo. Pasé la noche en un complejo de cabañas en la isla de Janjabureh.

A la mañana siguiente, al salir de la cabaña, me encontré rodeada de monos. Fui al cobertizo más grande donde se servía el desayuno y reconocí a Ayo, que también había pasado la noche allí. Nos saludamos y me senté a su lado en el único lugar libre. Me presenté como una doctora en Medicina por la Universidad de Barcelona y adscrita a un hospital comarcal especializado en Enfermedades Infecciosas y Medicina Tropical. Todos los años visitaba centros de salud en Sierra Leona, Ghana, Togo y Camerún.

Ayo debía de tener unos 35 años, pero los negros siempre me engañan. Era nigeriano. Se había licenciado en Ciencias Políticas y en Ciencias Económicas en Lagos; posteriormente, había continuado sus estudios en Londres, Barcelona, Turku, Kristiansand y Oslo. Cuando lo conocí, Ayo trabajaba para un *holding* empresarial noruego.

Era espigado y duro bajo la piel, con el cabello corto, la cara afeitada y los dientes perfectos y blancos; era esbelto. A menudo sonreía, y cuando preguntaba, te hacía sentir como a alguien al que valía la pena escuchar. Su interés también se reflejaba en las cosas que miraba y oía; estaba abierto a escuchar y a disfrutar aprendiendo. Parecía tímido pero acogedor. En el primer encuentro, Ayo me pareció muy atractivo; me sentí afortunada y tuve el deseo de estar con él al menos una vez.

Hablábamos en inglés, pero Ayo había aprendido español en su estancia en Barcelona y lo hablaba correctamente. Con el tiempo utilizamos indistintamente los dos idiomas y, más adelante, español porque me resultaba más cómodo.

A las pocas semanas de conocernos, pensamos tomar unas vacaciones en la costa sur. Fueron unos días apacibles y dichosos. Las playas, la reserva de aves de Tanji, el centro de pesca, por la tarde lleno de barcazas, peces y miles de gaviotas revoloteando en busca de comida, fueron días esplendorosos. También Bakau, los grandes cayucos de madera, pintados con colores llamativos, colmados de redes y cubos cargados de peces, eran arrastrados con cabos gruesos hasta la orilla y por encima de la arena. Olía a mar, a pescado fresco, a ahumado, a restos podridos en algún rincón, y se oían los graznidos de las gaviotas planeando y descendiendo veloces hacia algún pescado o algún resto de comida. El mar rompía en la playa con olas cortas y la gente aunaba esfuerzos para poner en tierra aquellos cascos pesados de madera. Pocas embarcaciones se acercaban al pantalán. Muchas tenían la popa plana y llevaban motores fueraborda de escasa potencia. Se hacía incomprensible el manejo de aquellas barcas en días de aguas revueltas o con olas anchas tomadas en ángulos agudos. Más desolador era saber que aquel mismo tipo de cayucos se adentraba en el océano con decenas de personas que viajaban durante varios días desde las costas de África hasta las islas Canarias buscando una nueva vida o perdiéndola en el intento.

Se me ocurrió pensar en el contraste entre Ayo y su peregrinaje formativo por Europa y los viajes de los emigrantes no favorecidos. No creo que a Ayo le pasara por la cabeza algo similar.

Hicimos fotos y vídeos como cualquier turista, y comimos pescado capturado la misma tarde, recién hecho en una de las cabinas del puerto. El alba y el ocaso siempre suceden rápidamente aquí. Aquella noche dormimos en un hotel del norte del cabo; fue la primera vez que decidimos pedir una sola habitación. Fue poco antes de mi regreso a Barcelona; quedaban pocos días en Gambia, pero ya habíamos tomado la decisión de vivir juntos.

A nuestra boda asistieron mis padres y unos pocos amigos comunes. Además, Ayo invitó a dos negras escritoras, Adebo y Ekun, que acudieron desde Londres, Heli Mäkelä y su actual pareja desde Turku, y tres amigos suyos de Barcelona y Almería de sus años en IESE. Haruto Yamagawa envió una *manga* de finales del siglo XIX, un preciado regalo de su colección particular. Luis Aurelio Escobar, una novela romántica y una colección de canciones, tocando él la guitarra y cantada a dos voces con su madre, ambos regalos dedicados con cariño. Ayo se sorprendió por recibir aquellos detalles íntimos que solo se habían distribuido entre los miembros de la familia y amigos íntimos de Cali.

Las amigas yoruba de Londres eran Adebowale y Ekundayo; procedían de Ciudad de Benin y de Kaduna; eran cultas y divertidas. Tenían el cabello negro, rizado pero dominado con unos hermosos trenzados. Pensé que las nigerianas escritoras estaban liadas, pero los abrazos y cariños que le hacían a Ayo demostraban una intimidad hacia él que no tenía ganas de analizar.

Heli Mäkelä venía desde Turku; Ayo me había hablado mucho de ella. Me acerqué a Heli con un cabreo poco disimulado porque enseguida me di cuenta de que había existido algo más que compañerismo entre ella y mi marido durante sus meses de estudios en Turku. Solo vernos, Heli frunció los labios, dio medio paso atrás y bajó los brazos hacia adelante. No le caí bien, aunque ella intentara no demostrarlo. Para ella, era la boda de Ayo, no la mía. En pocas palabras, no me gustaron los amigos de Ayo. No sé la razón, quizás porque eran sus amigos, no los míos, e imaginé que el afecto que sentían por mi marido nunca lo compartirían conmigo.

Los padres de Ayo encargaron desde Lagos un ramo aparatoso con flores enormes, impúdicas y con un olor penetrante. Ellos eran así, todo a lo grande y con un gusto diferente al que tenemos en Europa.

Mi madre murió poco después de terminar mi especialización y doctorado en Enfermedades Infecciosas y Medicina Tropical. Volví a ver a mi padre en el funeral de mi hermano que ocurrió pocos meses más tarde. Estaba compungido y casi no hablamos.

A los dos años y medio de casados, me quedé embarazada. Lo vi venir; estaba segura de que ocurriría precisamente a su regreso de un viaje a Cabo Verde. Bromeando, Ayo me contó que era una suerte parir aquí y no en Nigeria, donde las mujeres deseaban conservar la placenta para que nadie les echara un hechizo; las mamás debían evitar las miradas de desconocidos e incluso de amigos y parientes que podían emitir maleficios para la madre y para el niño o la niña; cualquier bruja o deidad maligna podía arruinar la vida de la madre o del recién nacido. No debía preocuparme, había remedios para neutralizar los embrujos, pero nosotros no necesitábamos enterrar la placenta a escondidas; en nuestro país, nadie sabría utilizarla para hacer magia. La placenta no me alarmaba, pero los primeros meses sufrí incertidumbre. Los mareos, náuseas y cambios de humor eran debidos más a la ansiedad que a los cambios de las hormonas. En principio no había ningún problema; los análisis no mostraron alteraciones genéticas en el cribado; detectaron que tenía una niña. Todos los exámenes salían bien; yo no tenía razón por la que preocuparme. A partir de los cinco meses de gestación, soñaba despierta con la decoración de la habitación, los vestidos, los juguetes, el modo de vida que íbamos a iniciar; pero, más que nada, anhelaba ver cómo sería mi hija.

★★★★★

A medida que avanzaba la gestación, sentía crecer mi vientre y mis tetas, y notaba que yo no era solo yo; había un corazón que latía más rápido junto al mío. Me notaba más pesada, más lenta, más ausente y me maravillaba que ahora en mi cuerpo fuéramos dos. Tuve molestias hacia el final del embarazo; me sentía voluminosa y torpe, pero no sufrí nada importante. Al mismo tiempo, deseaba mucho menos a Ayo; en realidad, no lo deseaba, e incluso me molestaban sus cuidados.

Ayo notaba que algo no iba bien; lo miraba poco, no le hablaba o lo mínimo necesario; no lo tocaba. Me irritaba que estuviera solícito y cariñoso. Todo el día estaba allí; todos los días estábamos juntos. En el espacio reducido de nuestra convivencia; pensaba: «¡Mierda! ¡Déjame en paz!».

Un día se rompió la bolsa de las aguas y nació Carla. Mi hija es oscura, medio negra; el color de su piel es marrón y tiene el cabello negro, ahora ya rizado. Durante las primeras semanas siguientes al nacimiento de Carla, volví a acercarme a Ayo y a pensar en hacer planes conjuntos.

Mi padre estaba encantado y nos visitó un par de veces. Yo prefería tenerlo a cierta distancia. Enviamos fotografías a los abuelos africanos e hicimos varias videoconferencias en línea, pero fui retrasando la invitación a que ellos nos visitaran. Mejor que se quedaran en Nigeria. Yo tampoco mostraba ninguna intención de viajar a Lagos con la niña. Aún ahora no consigo entender la aceptación de Ayo a mis reticencias para que Carla pudiera conocer a sus abuelos paternos. Era una forma de exclusión, de impugnación a su familia y, sin embargo, él prefería complacerme argumentando que era una situación rara relacionada con mi posparto.

Ayo le hablaba y le cantaba canciones en inglés. Le dije que no me parecía adecuado hablarle a la niña en dos idiomas a la vez. Utilizar la lengua materna de Ayo me pareció un intento de apropiación por su parte. Me dijo que no era cierta mi visión; por el contrario, era algo positivo que Carla aprendiera dos lenguas desde muy pequeña.

Unos días, le oí susurrar *Baba e Iya* en yoruba; yo sabía que estas palabras significaban *daddy* y *mummy*. Y otras veces, algunas canciones en su lengua. Aquella situación estaba llegando demasiado lejos; tuvimos varias discusiones acerca de cómo educar a Carla en las que, esencialmente para mí, se trataba de definir a quién pertenecía nuestra hija.

Poco antes de su segundo cumpleaños, tuve que hablar seriamente con Ayo. Se lo dije con buenas palabras, pero con firmeza. Creía que nuestro matrimonio no había funcionado y que era mejor que siguiéramos cada uno su camino hasta que viéramos cómo se sucedían los acontecimientos. La propuesta era una separación amistosa en la que pedía que se marchara él de casa y cubriera la mitad de los gastos de manutención de la niña, así como una parte a negociar para el mantenimiento de la vivienda. La casa era de ambos, pero en principio aquel era el hogar de Carla hasta que ella tuviera mayoría de edad o quisiera elegir.

Ayo se hundió completamente. O yo era una gran simuladora o él era un necio incapaz de comprender cómo había sido nuestra relación en los últimos años, y cuál era su posición dentro de nuestra familia. Intentó disuadirme con buenos propósitos y palabras. Se disculpó si había cometido errores de los que no había sido consciente. Cuanto más se humillaba, más crecía en mí la fuerza del argumento en que se basaba mi determinación. Un día, en plena discusión, se puso a llorar. Estábamos en la cama. Estuve a punto de abofetearlo. Sin decir nada más, le di la espalda. No soporto que alguien pueda echarme las culpas de su propia debilidad.

Después de unos pocos meses horrorosos y de mediación de abogados, Ayo y yo terminamos peleados, algo que yo no deseaba en absoluto. No conseguimos un acuerdo satisfactorio según su punto de vista. Alegó que le quité a su hija, me apropié de su casa o de parte de ella, y que quería vivir de él con la excusa de los cuidados que precisaba Carla. Sus explicaciones certeras me enervaron y fui a por él siguiendo el consejo de mi abogada. Utilicé los ejemplos más viles para minar su autoestima y lo avergoncé por ser tan miserable al no querer aportar lo que era su obligación como padre a pesar de haber tenido él una vida regalada fundamentada en la riqueza y en la generosidad de sus padres. Fue una negociación muy dura por la sinrazón de Ayo. Necesité ayuda psicológica para combatir la ansiedad. Finalmente, Ayo cedió en todo, aceptando una visita mensual de fin de semana con Carla. Sé que Ayo me odia por haber manipulado a mi favor este asunto, aunque me da igual; el bienestar de Carla ha sido siempre mi prioridad. El odio que creo que me tiene Ayo me hace sentir mejor que si su sentimiento hacia mí fuera decepción, desencanto y vergüenza por mi forma de ser.

Yo nunca volví a África. Nunca conocí y tampoco conozco personalmente a ningún miembro de su familia; solamente los vi en alguna videoconferencia y tengo fotografías de fiestas de Ayo con sus padres y hermanos tomadas tiempo atrás en la mansión familiar. Los abuelos nigerianos conocieron a su nieta por videoconferencia; la veían una o dos veces al mes junto a Ayo sonriente, haciéndole carantoñas y risas; ellos también se alegraban al verla y le decían cosas cariñosas o le cantaban. Yo solo aparecía excepcionalmente unos segundos en la pantalla.

Pocos meses más tarde, fui a ver a mi padre a su casa para comunicarle lo agradecida que estaba por su ayuda en mi separación. Estaba con sus interminables lamentos sobre su delicada salud, vagando por casa. Opinó que había hecho bien en separarme; no se podía confiar en los negros. Aquella respuesta racista y estúpida reflejaba muy bien el narcisismo y la falta de empatía que siempre había tenido mi padre. Definitivamente, mi padre, el respetado señor Tajo Oliveras, era lo más parecido a un borde pretencioso. Me dolió que al hablar mal de Ayo por ser negro, pensara que yo era una tonta por haber escogido tan torpemente. También aproveché para decirle que había iniciado una consulta médica privada además de mantener mi trabajo en el hospital; necesitaba una seguridad económica holgada y mantenida a largo plazo, no la miseria que cobraba en el hospital. Creo que mi padre no se enteró; al menos no hizo comentario alguno. Tampoco me importaba demasiado lo que pudiera pensar.

CARLA IDOWU OLIVERAS

A los 23 años, Carla había terminado los estudios de Humanidades y se había doctorado con una tesis sobre Literatura Comparada en África Negra Subsahariana del Este y del Oeste en lengua inglesa desde las independencias hasta el año 2030. La elección de la carrera de Humanidades no era extraña; Carla siempre había sido una lectora feliz desde que descubrió la escritura; disfrutaba y conocía bien la literatura original en lengua española y en lengua inglesa americana y británica. Además, su padre le había enseñado yoruba que, junto al inglés, eran sus lenguas paternas.

Durante un tiempo le dio por leer nuevamente cuentos populares yoruba, fábulas clásicas españolas y fábulas inglesas. Le encantaban las exposiciones simples de los problemas y la simplicidad en la construcción de las historias. En su origen no había tanta diferencia entre las culturas; en todos los cuentos había una situación conflictiva que podía haber ocurrido en cualquier lugar y que se resolvía de la mejor manera para soltar un recado instructivo. La potencia de estas piezas, transmitidas oralmente y más tarde escritas, no había sido superada por ningún sistema moderno.

Hasta los 18 años, Carla tuvo una educación compartida entre sus padres, pero a partir de esta edad decidió trasladarse a casa de Ayo, con el que podía hablar abiertamente y no depender de los consejos de su madre. Carolina había criado a una niña, soportado a una adolescente y aguantado las quejas de una joven, su hija. Si Carla quería ir con su padre, la elección era suya. Pocos años después, Ayo decidió trasladarse a Lagos para continuar los negocios de su padre e iniciar, bajo su consejo, la dirección de su conglomerado de negocios. Entre tanto, Carla estaba ampliando sus estudios de literatura hispana en Bogotá y México D. F., y de literatura inglesa en Boston.

Mientras Carla estudiaba en América, la vida de su padre transcurría entre Lagos, Ciudad de Benin y Port Harcourt, con ocasionales viajes a Calabar; su área de ocupación fuera de Lagos era el estado de Rivers y las vías de comunicación dentro del área hasta la isla de Brass en el estado de Bayelsa. Los viajes aéreos eran frecuentes, rápidos y eficaces; en menos de una hora podía trasladarse desde Lagos a cualquiera de estas ciudades. Además de la ampliación de los ya existentes aeropuertos internacionales MM1 y local MM2, se estaba construyendo el aeropuerto MM3 para vuelos internos en la laguna de Lagos en la zona de Isasi. Ayo aún lo tenía más fácil; se desplazaba desde el aeródromo de Eti-Osa en la laguna, en helicóptero privado, a distintos puntos de trabajo, o en vuelos internos si se trataba de viajes programados con otros miembros de su equipo.

Durante los últimos años, el mundo había cambiado. Los países africanos subsaharianos de la costa atlántica habían implantado cambios sustanciales. Sudáfrica, Ghana y Nigeria habían iniciado unas políticas de desarrollo que suponían mayor riqueza y mejor reparto de los beneficios de los recursos. Los marcadores de desarrollo y de bienestar habían aumentado, a costa, en ocasiones como en Nigeria, de mayor poder del Estado. Ayo había vivido directamente desde Lagos las distintas fases de la transición en Nigeria. Carla estaba bien informada por las noticias en los medios de distintas ideologías y, de primera mano, por su padre. En poco tiempo, la transformación había sido acelerada e incontenible. Padre e hija estaban cautivados por lo que parecía finalmente una renovación tangible del país. Este ambiente impulsó a Carla a instalarse en el país de su padre, que sería también el suyo.

En 2031, Nigeria se había dividido en dos naciones independientes. Una era Nigeria Sur, con capital y gobierno en Lagos y capital administrativa en Ciudad de Benin, que comprendía las provincias habitadas por cristianos y musulmanes yorubas, y por igbos como poblaciones mayores; habían existido más de cuarenta grupos étnicos en el delta del Níger, como los ijaw pescadores, agricultores y malvivientes del delta del Níger, los itsekiris en el antiguo reino de Warri, y los ogoni en el antiguo estado de Rivers, al este de Port Harcourt, los lugares más contaminados del delta. Demografías más recientes demostraban una reducción a veintidós grupos diferentes; los restantes se habían extinguido en los últimos veinte años. La otra era Nigeria Norte, con capital en Kano, poblada principalmente por hausas y fulanis, de religión musulmana. Kaduna, la antigua capital, había quedado como ciudad fronteriza, de tránsito internacional y de comercio interno entre las dos Nigerias. La frontera geográfica entre ambas se establecía en las orillas de los ríos Níger y Benué.

La vuelta a la regionalización colonial de los antiguos protectorados y colonias ingleses había costado vidas en varios conflictos armados. Finalmente, Nigeria Norte se había confederado con Burkina Faso, Mali, Níger y Chad para formar el Gran Sahel, liberado finalmente del colonialismo francés, de la francofonía, su secuela cultural, y de la OIF, e inclinado hacia la alianza y protección rusas.

En Nigeria Sur se había establecido un gobierno autoritario militar gestionado por técnicos, basado en inteligencia artificial. El golpe que había llevado al cambio era el enésimo intento de destruir la corrupción política y de las fuerzas del orden, y reestructurar la producción petrolífera, de gas y de otras riquezas naturales. Con la decadencia de Europa y la no dependencia de Estados Unidos debido a su control directo de otras fuentes más cercanas, las empresas extranjeras fueron desplazadas progresivamente. Shell fue la que presentó más reticencias en el momento de cumplir con las deudas pendientes y de reparar los daños causados por vertidos y contaminación del medio. Las refinerías y plantas petroquímicas se habían modernizado y ampliado; además de las refinerías en Port Harcourt, Warri y Dagota-Lekki en Lagos, se habían creado nuevas para satisfacer las demandas interiores y la exportación. En poco tiempo se estaba consiguiendo una mayor confianza de los mercados y masivas inversiones en pequeñas y medianas empresas. La inflación se había reducido. Además, el país había aumentado los gastos en defensa y había suscrito una alianza militar y económica con China, que cubría el rearme y la utilización de inteligencia artificial aplicada a la protección y a la industria.

Desde Europa, los cambios se veían como un retroceso en la aplicación de derechos humanos y un recorte de las libertades. Para los legisladores de Nigeria Sur, se trataba de la aplicación, a cualquier precio, de los deberes que debían cumplirse para llevar a la práctica los derechos de la mayoría de la población. Los intereses personales, las diferencias étnicas, el predominio insaciable e injusto del estado y la corrupción desde los estamentos más altos hasta los más miserables no podían solucionarse por medios democráticos, como había quedado demostrado en las sucesivas elecciones; las elecciones democráticas eran un mercadeo de ambiciones particulares; los partidos políticos, meras herramientas para esconder los delitos de sus representantes y de sus seguidores en tremendas estafas piramidales.

El nuevo régimen suprimió los partidos políticos y tomó como una medida práctica la depuración del ejército, la armada y las fuerzas aéreas, así como la policía, con unas normativas legales y controles estrictos. A esto siguió el cumplimiento de la nacionalización de las fuentes de riqueza, básicamente petróleo, gas, además de minerales. Al mismo tiempo, se facilitó la labor de la justicia, el seguimiento y castigo ejemplar de la corrupción, y el aumento de salarios a los miembros y trabajadores ligados al poder judicial.

El incumplimiento de las leyes era el castigo, que no tenía un propósito de reinserción en la sociedad para los penados, sino un objetivo punitivo. La consumación de la pena de muerte se había actualizado para los delitos de asesinato, secuestro, terrorismo y traición al Estado, en donde se incluía la corrupción con efectos graves a los bienes públicos. Estas penas podían ser reducidas en algunos casos a cadena perpetua en prisiones separadas por sexos. El robo a mano armada podía penalizarse con cadena perpetua; la pederastia y el abuso de niños, incluyendo los matrimonios de menores de 16 años, se consideraban sujetos de reclusión en centros especiales en los que se practicaban severos, a veces brutales, tratamientos de corrección a los delincuentes. Los delitos contemplados por la *sharia* no eran vigentes en el estado laico de Nigeria Sur.

Los padres de Ayo vivieron la transición y los años duros de implantación del nuevo régimen y de la nueva constitución. El señor Afolabi Idowu, ya mayor, cerró todas sus actividades ilegales y se ofreció al nuevo gobierno para colaborar en las labores de remodelación. Ayo trabajaba en las empresas de su padre en proyectos de construcción de carreteras e infraestructuras de soporte para las nuevas canalizaciones y servicios de las refinerías del estado en el Delta del Níger.

Los hermanos de Ayo habían corrido una suerte diferente. Kayin había terminado en prisión por corrupción en sus empresas. Mucho más cauteloso que su hijo mayor, el señor Idowu ya hacía tiempo que le había advertido del cambio real del nuevo gobierno en lo referente al control de la corrupción. Kayin cayó en la ruina y nada pudo hacer su padre por salvarlo; las evidencias eran demasiado claras. El señor Idowu tampoco tuvo la intención de ser arrastrado por una excesiva y sospechosa solicitud de clemencia para su hijo. Las familias de sus hijas Dayo y Yeji se retiraron a Suiza, donde escondían parte de sus fortunas repartidas en fondos en paraísos fiscales. Esta diáspora familiar entristeció a los viejos Idowu y ayudó a la decisión definitiva de que su tiempo había terminado y que las únicas metas satisfactorias eran la sólida posición y capacidad de su hijo Ayo y la esperanza de retorno de su nieta Carla, a la que tantas veces habían añorado.

Los señores Idowu decidieron morir juntos en un acto programado y acogido con la bendición de Dios. El funeral duró cinco días para que los señores pudieran formar parte de los *Eggun*, familiarizarse con ellos y, al mismo tiempo, ser visitados por los parientes vivos que debían desplazarse hasta Lagos para celebrar la armonía entre el mundo de los vivos y el de los ancestros. La ceremonia fue dirigida conjuntamente por un pastor de la iglesia y por un Babaalawo, un clérigo yoruba, cercano a la familia. El Baba Ifá inició sus oraciones:

—Ser supremo, alabamos y saludamos a todos nuestros antepasados, quienes se sientan a tus pies; nosotros saludamos a quién están en *Orun*. Yo saludo a todos los difuntos de mi padre y madre de mi raza negra. Yo saludo a Afolabi y a su esposa Ogechi, así como a sus padres, tíos, hermanos y otros parientes, y rindo respeto a quienes están en *Orun*.

»Otórganos paz y prosperidad, una vida larga, honor, conocimiento, sabiduría, buen comportamiento, paciencia y fuerza.

»Mantenednos alejados de la muerte, de la enfermedad, de la maldad, de las malas noticias, del poder de nuestros enemigos; alejadnos de las maldiciones.

»Que todas estas bendiciones puedan pasar a nosotros.

Terminada la ceremonia de los ancestros, que se repetía cada día del funeral para los nuevos familiares y amigos, seguía la bendición de un pastor cristiano:

—Dios está con nosotros. Dios bendiga a nuestros queridos Afolabi y Ogechi. Dios nos bendiga. ¡Aleluya!

★★★★★

Carla tenía intención de trasladarse a vivir a Nigeria. La muerte de los abuelos nigerianos adelantó en unas semanas su viaje. Desde Boston, pasó por Barcelona para despedirse de su madre Carolina y voló hasta Lagos.

Carolina la recibió con cariño, con la esperanza de que se quedara unos días con ella, pero vio que su hija venía de lejos y se iría lejos; nada le atraía de Barcelona y tampoco de la vida dedicada obsesivamente a la medicina lucrativa que llevaba su madre.

Carla no tenía interés en vivir la decadencia cultural y social anunciada y buscada por los sucesivos gobiernos de la tierra donde había nacido. Ella era española y nigeriana, pero en aquel momento decidió dedicar su vida a la nueva Nigeria Sur.

La muerte de los abuelos paternos la afectó poco; prácticamente no los había conocido. Por el contrario, Ayo quedó profundamente apenado. Su cariño había sido genuino desde la infancia; su amor y respeto hacia sus padres fueron las guías imborrables a lo largo de su vida.

Carla encontró a su padre con el atractivo de un adulto mayor, más grueso, con el cabello muy corto y gris y una barba bien cuidada también de color gris claro. Se movía más lentamente, pero con la firmeza de un felino experimentado. El carácter no lo había cambiado con la edad; seguía cercano y tranquilo, inteligente y audaz. Carla se sintió dichosa de volver a encontrarse con él, y ahora no con las prisas de una visita, sino con las de quien ha decidido vivir con las personas queridas en el lugar adecuado.

Carla le dijo a su padre si le importaba tener en su casa un cargamento de unos dos mil libros que vendrían desde Barcelona en un contenedor. Ayo, sorprendido, aceptó encantado. En la casa de Lekki I había colecciones de la música que gustaba a Afolabi y a Ogechi, pero los libros eran escasos, algún ejemplar de la Biblia y poco más.

Ayo tampoco se había preocupado en volver a leer sobre papel. Recrearse en casa con la colección de libros de su hija lo llenó de gozo y algo de impaciencia pensando en la espera.

★★★★★

Carla obtuvo una plaza como profesora lectora en el nuevo Departamento de Posgrado en Artes y Literatura de la Universidad de Lagos, situado en terrenos expropiados entre la Biblioteca y Medios Audiovisuales y de Comunicación de la Universidad de Lagos y el campus de la Universidad de la Trinidad. Dos meses después de su llegada, Carla fue a vivir a un apartamento cerca del campus de la universidad. Se encontraba lejos de la casa familiar de Lekki I, pero el acceso a cualquier punto de Lagos era fácil con los recientes 780 kilómetros de vías y 460 estaciones del Tren Elevado Metropolitano que formaba una cuadrícula de recorridos norte-sur y este-oeste, líneas radiales y tres líneas de circunvalación.

En casa y en la biblioteca de la universidad, Carla preparaba con cuidado sus clases, el material didáctico, la selección de obras y párrafos de distintos autores, y la construcción del lenguaje. Sus clases eran semejantes a relatos con un inicio expectante, unas tramas bien construidas y cruzadas que despertaban curiosidad, y unos desenlaces que invitaban a la nueva sesión. Para ella era como un juego delicado de las palabras y de las frases que vivían en forma de emociones, sentimientos, paisajes y situaciones singulares. Su cuerpo en la cuarentena era ágil y expresivo; su cara por debajo de los cabellos rizados se perlaba de sudor en el transcurso de la clase. Lo más agradecido era la motivación de los alumnos, que se implicaban en discusiones y en charlas después de las clases formando grupos, con una tremenda curiosidad por aprender y empaparse de la palabra bien escrita.

Empezado ya el curso, apareció una joven que solicitó ser aceptada como alumna. Su matriculación tardía se debía a trámites administrativos que retrasaron la entrega de su titulación de doctora en Historia Contemporánea en la Universidad de

Nigeria en Enugu. Amara debía de tener unos 8 años menos que Carla; era igbo, negra, no morena como su profesora. Parecía una persona independiente y resolutiva; se sentaba entre los alumnos más jóvenes que ella en las filas medias para pasar desapercibida. Le cayó simpática a Carla y, frecuentemente, cuando explicaba una lección, dirigía la vista hacia ella para señalar algún aspecto curioso o relevante. Amara le sostenía la mirada, agradecida y atenta. Terminado el primer trimestre, se encontraron alguna vez en la biblioteca, habían ido a almorzar juntas en alguno de los restaurantes del campus y hablaban de literatura y de sus experiencias previas, de modo que la distancia entre ellas fue desapareciendo. Amara se extrañó del lenguaje privado de Carla, a veces rudo, algo totalmente opuesto a su forma delicada de hablar en público o con desconocidos.

Las clases de Carla eran extrañas, antiguas, no seguidas por ningún otro profesor del departamento. Tenían éxito entre los escasos alumnos, pero habían despertado la envidia y el des-acuerdo de los otros profesores, quienes promocionaban una nueva forma de enseñanza compatible con la llegada de las técnicas programadas basadas en inteligencias artificiales. Los medios audiovisuales, descendientes de la antigua y prolífica industria cinematográfica, se habían distribuido en todas partes con imágenes realistas interactivas y con historias imaginadas por el propio espectador, quien, ayudado por medios inteligentes, podía vivir con todos los sentidos su propia película. De algún modo, el mundo de la literatura tal como se había conocido durante siglos estaba cambiando inexorablemente.

Carla vivía una irrealidad.

Esta impresión ya la había vivido en Boston, donde la aplicación de inteligencia artificial estaba a la orden del día, pero allí los profesores tenían tiempo y presupuesto para investigar libremente.

Veía las limitaciones que le presentaba el futuro, incluso a corto plazo. Decidió dedicarse a la enseñanza secundaria básica, donde sí que parecía necesaria todavía la actividad de los maestros. Carla tenía una licenciatura y precisaba el máster en Educación. Comentó con su padre sus perspectivas en la universidad, su temor a ver suspendida su plaza de lectora y su propósito de acceder como maestra de secundaria en una escuela internacional, haciendo valer sus conocimientos de inglés, yoruba, español y bastante en comprensión oral y escrita de francés. Pretendía, en los dos años siguientes, formarse en profundidad en igbo y otras lenguas locales; tenía posibilidades, era buena para los idiomas. Aprender igbo sería fácil si tuviera a Amara cerca; el idioma es tonal y el significado de las palabras depende de la acentuación al pronunciarlas: por ejemplo, *akawa* podía ser tela, huevo, puente o llorar. Pensando en su futuro, también eligió hacer un curso de dos años sobre Historia Universal del Arte. Además de ser un tema hermoso que disfrutaría, haría mucho más fácil compartir sus intereses con adolescentes dispuestos a aprender.

El curso estaba terminando; en el bar de la Facultad de Ciencias, durante el almuerzo, Carla le dijo a Amara:

—Enseñar Literatura en la universidad está jodido. No les gusta mi método anticuado y yo no deseo hacer la enseñanza de otro modo. Aquí no puedo hacer investigación. No deseo ser profesora, quiero ser maestra de enseñanza secundaria básica en un colegio.

Amara tenía las ideas muy claras acerca del futuro de las Humanidades; no se necesitarían tantas personas dedicadas a ellas; había multitud de mecanismos y de instrumentos nuevos para recopilar datos, elegir materiales y obtener información; no parecía necesario vivirlas, solo conocer su existencia y recurrir a dispositivos o implantes inteligentes para recuperación de memorias y para incorporación de nuevos datos. No creía que se hubiera equivocado al estudiar Historia, pero sí que era el momento de cambiar sus perspectivas laborales. Le dijo:

—Carla, las Humanidades quedarán relegadas a la Enseñanza Secundaria o a especialistas hábiles en inteligencia artificial. Yo había pensado matricularme en un Máster en Educación.

—Estamos igual. Estoy un poco acojonada, pero no tengo otro remedio que modificar mis planes. Mis clases serán menos personalistas, como pretende el Departamento y el decano; a la vez, me prepararé para obtener una plaza de profesora en una escuela internacional.

—Carla, sé tu vida; la puedes encontrar en cualquiera de los buscadores en línea. Las empresas de tu padre pueden darte seguridad; son potentes en el país y hacen un trabajo extraordinario. Si hablaras con tu padre, podrías dejar de preocuparte por la enseñanza y dedicarte a escribir o a pensar todo el tiempo que quieras. Yo me dedicaría a transcribir tus pensamientos —dijo alegremente.

—Amara, no digas tonterías. Nunca me dedicaría a vivir de los negocios familiares. Renuncié a todo esto muy pronto.

—Bueno, me gusta cómo eres. ¡Tú verás!

—Amara, no me jodas con estas bobadas. Quizás podríamos estudiar juntas o ayudarnos, o estar juntas —dejó caer.

Ayo y su hija Carla: El delta

Carla quedaba para comer al menos una vez por semana con su padre. Ayo le hablaba de su actividad empresarial en el delta; también le contaba aventuras y situaciones nuevas para ella. Tenía la facilidad de encantar con sus historias; Carla lo escuchaba con atención.

Ayo le contaba que la vida en el delta del Níger había mejorado; había electricidad, agua potable y alcantarillado soterrado en todas las pequeñas ciudades y en la mayoría de poblados grandes del delta. La participación de sus empresas había sido relevante: la producción de alquitrán se estaba utilizando para la construcción de carreteras y telas asfálticas. Sin embargo, era difícil acostumbrar a los locales al trabajo organizado; había lasitud y falta de motivación que solo fue aumentando paulatinamente al ver que, finalmente, sus esfuerzos repercutían en una normalización de su región desatendida desde antes de la era del petróleo y empobrecida a partir de su producción industrial. No eran vagos como pudiera parecer a primera vista; simplemente sucedía que no tenían experiencia en trabajar de un modo eficiente.

Había otros factores que enlentecían el trabajo; la multitud de idiomas locales y la falta de educación en inglés precisaban traductores para la comunicación entre los individuos.

El trabajo no estaba exento de problemas; había manifestaciones de mujeres del delta, como habían existido en años anteriores, y huelgas de trabajadores cuando ocurría algún accidente con resultados letales. Una explosión seguida de un incendio en una de las canalizaciones había provocado decenas de víctimas y la destrucción de dos poblados vecinos. Fue un desastre que tuvo que solucionarse no con represión como había ocurrido siempre, sino con indemnizaciones millonarias y con la construcción de dos pueblos nuevos con todos los equipamientos y escuelas.

En otra ocasión, Ayo le explicó que un grupo armado atacó una de las estaciones de abastecimiento. La agresión fue repelida; los autores fueron juzgados brevemente y ejecutados bárbaramente para ejemplo de posibles nuevos agresores. Era difícil prever este tipo de ataques, normalmente realizados por grupos locales que aparecían sin saberse de dónde, y acusaban asesinatos indiscriminados entre hombres, mujeres y niños. Nadie podía entender cómo podían existir todavía estos demonios desesperados, supervivientes de épocas pasadas. La población los interpretaba como una suerte de vengadores de los daños producidos por los explotadores sobre los árboles, los pájaros y las aguas impolutas de las tierras de los ancestros.

Otras dificultades casi cotidianas eran el rechazo a las vacunaciones y la poca confianza de la medicina nueva en contrapartida a la medicina tradicional en algunas áreas. Los jefes locales no se habían acostumbrado al cambio rápido y transmitían a sus pueblos la ignorancia, el miedo y el recelo. Tampoco podían entender que su colaboración en los nuevos proyectos no fuera merecedora de ninguna retribución o regalo adicional al salario; la autoridad de los jefes locales se desvanecía y, con ella, toda una forma de entender la vida tal como se había conocido hasta entonces.

Durante uno de los viajes de Ayo a una zona de distribución cercana a los pozos en uno de los brazos del río Cross, cerca de Calabar, en el estado de Cross River, una planeadora con hombres armados se acercó a las instalaciones. A tiros redujo al equipo de seguridad y defensa, prendió fuego a dos barracones y tomó a tres británicos y dos chinos como rehenes. El desconcierto, el horror y la impotencia ascendieron con el humo, el hedor a queroseno y el olor a miedo en cada uno de los trabajadores vivos. Inmediatamente, salieron de la selva dos drones persiguiendo a la lancha; se oyeron dos estruendos y se vio una fumarada a escasos kilómetros. Todos los ocupantes habían muerto. Ayo quedó impresionado, temblando por la rapidez y la violencia de lo sucedido. No había ocurrido algo así en mucho tiempo. La actuación tuvo amplia cobertura en los medios: no había perdón para los secuestradores, ni premio en el secuestro.

Su confianza en las bondades de la nueva Nigeria se veía desbordada por la perseverancia de la agresividad y el ensañamiento. Hechos semejantes y revueltas multitudinarias habían ocurrido en Warri.

A pesar de estos incidentes, los ataques y la violencia de grupos descontentos se habían reducido en el país, no solo por la actuación de las fuerzas militares, sino más certeramente por las mejoras sociales, la inversión en educación básica y sanidad, los mejores salarios y el contacto directo con las tribus y sus representantes y con la población local de los estados del delta del Níger.

Ayo estaba pendiente de aquella complejidad. Y aún de otra más privada: había comenzado una relación con una viuda de su misma edad. Se llamaba Ife Mojisola y era dueña de grandes propiedades de producción de maíz. Desde hacía pocos años había creado dos filiales en el estado de Rivers, dedicadas a viveros para regenerar los manglares destruidos por las fugas masivas de petróleo. Se habían conocido en Ogale en una de las áreas de actuación común. Ambos habían tenido las reuniones periódicas con los capataces y trabajadores de los centros periféricos para conocer de cerca los problemas reales de los trabajadores y buscar de este modo soluciones pactadas.

Aquella y otras zonas habían mostrado niveles de hidrocarburos en las aguas ochocientas veces más altos de lo permitido por la ley. Habían sido limpiadas de la mayor parte de contaminantes, pero quedaban residuos y la única solución era la repoblación con especies autóctonas que se encargaría con los años de purificar la tierra contaminada de petróleo. En su primer encuentro en los manglares, Ayo Idowu e Ifa Mojisole se llenaron de barro, almorzaron juntos en un restaurante de campo, hablaron de la coincidencia del lugar y de cómo estaban dedicando sus esfuerzos a nuevas iniciativas; se desearon suerte y cada uno marchó en su helicóptero hacia Lagos.

Todo esto le explicó Ayo a su hija un día lluvioso en el que habían estado mirando su colección de libros en Lekki I. Ayo le confesó que Ife y él se habían seguido viendo, discretamente, en Lagos. Carla la había conocido en una ocasión. Ayo la había presentado como una empresaria y amiga con intereses en el delta. Después había comido con ellos un par de veces, pero su padre protegía a Ife en su privacidad. Ella era una mujer que llamaba la atención, a pesar de su apariencia informal y práctica, por su elegancia, educación, encanto y por su discreción. Se percibía que no había tomado la decisión del tipo de relación que quería tener con la hija de Ayo y estaba algo indecisa. Esta situación divirtió a Carla; era un secreto mal guardado de su padre ya mayor con su hija ya madura.

Por la noche, como en otras veces especiales, Carla habló con su madre en Barcelona por videoconferencia y le explicó su deseo de cambiar su dedicación como profesora del nuevo

Departamento de Posgrado en Artes y Literatura en la Universidad de Lagos por una plaza de maestra en una escuela internacional para dar clases de secundaria básica a niños de 13 a 15 años. Carolina pensó que su hija echaba por tierra toda su preparación y conocimiento a cambio de situarse en un nivel inferior; secamente le deseó fortuna.

CARLA Y AMARA

Carla se enamoró de Amara durante su primer semestre docente en la universidad; reconocía que algo también había surgido en Amara, pero no se atrevió a dar un paso siendo ella profesora y la otra alumna: relación prohibida en el código no escrito de la enseñanza básica y superior.

La revelación ocurrió de una manera fortuita, inesperada, en el ascensor del edificio de la Biblioteca de Historia al final del curso. Mientras ascendían solas, Amara pulsó el botón de paro entre dos pisos; se plantó frente a Carla y la miró con ternura, le pasó suavemente la mano por debajo de la oreja y el cuello hasta el pecho izquierdo para descender lentamente hacia el pubis y la parte exterior de su muslo derecho; más allá no alcanzaba. Le sonrió, se miraron a los ojos con alegría; Carla le dio un beso en los labios y se quedó temblando. Amara subió a la cuarta planta; Carla volvió a la planta baja y salió al jardín.

Las leyes que prohibían las parejas homosexuales habían sido abolidas en 2034 como respuesta a la movilización local y de grupos internacionales a favor de los derechos humanos. Sin embargo, localmente no estaban bien vistas las manifestaciones de afecto entre personas del mismo sexo y menos las manifestaciones de feminidad en los hombres. La tradición era una parte profundamente enraizada en toda Nigeria y las conductas sexuales en general eran un aspecto íntimo que no debía ser expresado públicamente. La transexualidad estaba prohibida por ley y penalizada con años de prisión, como en mandatos anteriores.

Tres semanas más tarde, Carla se mudó al barrio de Ebute Metta para vivir con Amara.

Quedó con su padre en la casa familiar para hablarle de sus nuevos propósitos y de sus importantes decisiones. Le habló de tomar un par de años para cambiar su perfil y adaptarse a los requisitos administrativos para entrar en una escuela privada internacional; no dejaría la universidad si no le rescindían el contrato antes. Le habló de Amara, una alumna que tenía aspiraciones compartidas. Después de este comentario, también le dijo que se había trasladado a vivir con Amara a Ebute Metta. Le dijo que se entendían bien y se querían. Ayo quedó sorprendido, pero tuvo poco tiempo para responder. En aquel momento, llegó por sorpresa Ife Mojisola. Carla compartió la noticia más importante. Ife le deseó suerte y la miró, esta vez, con una sonrisa abierta.

★★★★★

Ayo invitó a su hija a acompañarlo a Port Harcourt para hacer una visita de trabajo en la isla de Grass; pasarían por algún lugar en el que una compañía de la señora Mojisola estaba llevando a cabo tareas de repoblación en unos viveros de grandes capacidades. Volarían con el piloto, un copiloto, dos ingenieros y un ayudante. Había lugar para otras dos personas. A Carla le entusiasmó la idea y todavía mejor si podía ir Amara. A mediodía, salieron de Lagos para atender unos asuntos en Port Harcourt por la tarde y partir a la salida del sol del día siguiente.

Desde Port Harcourt, el helicóptero sobrevoló el Bosque de Manglares de Touma y la región de Bille, la zona donde se había producido uno de los vertidos más desastrosos de petróleo en el delta. Grandes extensiones estaban arrasadas; quedaba ya poco de los vertidos, pero el barro sucio no había sido totalmente eliminado. En algunas zonas se estaba repoblando con éxito el manglar a partir de plántulas cultivadas en los viveros de Ife Mojisola, según puntualizó Ayo en un tono neutro. Tardarían todavía muchos años en restablecer la normalidad y recuperar la población de moluscos, cangrejos y peces, libres de hidrocarburos, en los brazos del río. No obstante, el esperado éxito de repoblación de la vegetación autóctona se veía en Bodo, que había sufrido años antes unos vertidos mortíferos. Las plantas nuevas estaban creciendo, aunque todavía no formaban una cobertura espesa; los pescadores habían obtenido ya algún beneficio con las nuevas generaciones de reptiles, pequeños mamíferos, crustáceos y peces; el resultado del trabajo era prometedor.

Desde el aire era curioso ver en la pantalla del panel del helicóptero los numerosos puntos de vuelos de drones-vigía en la zona, su exacta localización y los avisos de rutas con peligro de colisión. Los vuelos inteligentes no tripulados provistos con visión diurna y nocturna habían resultado muy eficaces para detectar vertidos ilegales y fugas, además de otras actividades prohibidas en la región, como la caza furtiva. Tras la detección de alguna anomalía por parte de los drones, la actuación humana era inmediata con la ayuda de helicópteros y naves de despegue vertical fuertemente armados. La mayor parte de la población veía en estas operaciones un sistema de vigilancia y de protección, aunque se sintiera espiada día y noche.

Sobrevolaron los meandros en la ruta de Offorboko con grandes zonas de pantanos y bosques, y la Reserva Nacional de Edunamon, para tomar tierra en la ciudad Brass cerca de la costa. En Edunamon volaron bajo con la vaga pretensión de ver chimpancés, en parte reintroducidos después de que los cazadores furtivos diezmaran su población. También buscaban algún tipo de mono o de animal salvaje; no vieron ni uno. El territorio era verde con la rica vegetación de una selva lluviosa poblada también de palmeras. El día era claro y nítido con escasas nubes blancas, no había niebla. Podría haberse olido la pureza del aire y oído el silencio, si no fueran anulados por el vuelo del aparato. No todo era tan hermoso; todavía había lugares en los que podían verse tuberías petroleras en fases de desmantelamiento y limpieza, y calvas en el terreno desprovistas de vegetación y con escombros de tierra y basura.

Ayo y su equipo visitaron los centros de dirección que debían llevar una carretera asfaltada desde Yenagoa y Nembé a Brass. El primer tramo hasta Nembé ya estaba en funcionamiento; el de Nembé a Brass estaba en construcción y habían surgido dificultades en el terreno tan plagado de ríos y con suelos tan poco estables.

Carla y Amara alquilaron una barca a motor fueraborda con piloto para ver los brazos del río. Hacia el interior, la vegetación era espesa en la selva inundable; era a inicios de julio en la estación de las lluvias y de la subida de las mareas; el calor húmedo y sofocante las llenaba de sudor todo el cuerpo; eran unos parajes sobrecogedores e inhóspitos, no había manera de orientarse bajo las sombras de los árboles y de los arbustos; aquí sí que podían oírse y verse muchos tipos de pájaros y aves más grandes. Los diferentes chillidos indicaban la existencia de multitud de distintas especies. Tomaron un sendero; el suelo era barro y agua, era difícil no llenarse las botas; había multitud de insectos; también vieron alguna serpiente espantadiza y rastros fecales de ratas o de pequeños mamíferos, según les iba indicando el guía.

Regresaron por otros canales del río a unos kilómetros al norte de la ciudad. Había un centro misionero para niños huérfanos o solos que provenían de distintos lugares de la región. Estaban bien alimentados y cuidados, pero se quedaron pensando qué ocurría con ellos cuando fueran jóvenes y adultos. Había cursos de formación y las misioneras les aseguraron que los niños serían personas afortunadas que podrían trabajar y dedicar su vida a compartir la bondad que habían recibido. Quedaron turbadas al ver niños de menor edad algo abandonados en los patios del orfanato. Aquello ocurría en un centro subvencionado y gestionado por religiosas; se preguntaron qué ocurría con los niños no protegidos en lugares menos favorecidos.

Al regreso de Grass, decidieron formalizar su matrimonio como condición necesaria para cualquier movimiento posterior de cara a futuros hijos. Los trámites duraron tres semanas. A la ceremonia civil asistieron Ayo e Ife, los padres de Amara, una hermana y su marido, y otro hermano y su esposa que se trasladaron desde Enugu; los acompañaban dos sobrinos pequeños, hijos del hermano; todos con vestidos elegantes para la situación. Delante del representante civil confirmaron su decisión de contraer matrimonio, se intercambiaron los anillos, se hicieron fotografías y vídeos. Los niños no entendían bien quién era la mamá y quién el papá de aquella pareja y se reían por lo bajo del novio de su tía Amara, la más simpática de todas sus tías y la única que, tan mayor, había seguido soltera y vestía siempre con pantalones. Una vez cumplidos los trámites en el Registro Civil de Lagos y con el certificado del Ministerio del Interior en la mano, Amara le entregó a su pareja una nuez de cola partida en tres trozos como era habitual en el matrimonio tradicional. Estaban felices y los invitados también. Fueron a comer a un restaurante del Hotel Ahmadu y, después del almuerzo, volvieron todos a sus casas sin hacer sobremesa, cosa que era habitual en Nigeria, pero que hubiera sido interpretado como poca cortesía en Barcelona.

Por la noche, Carla hizo una videollamada con su madre y le comunicó que se había casado con Amara. La doctora Carolina Oliveras se mantuvo un momento en silencio, quizás para asimilar la noticia en su totalidad; poco después le dijo a su hija que se alegraba de aquella decisión. Por fin, parecía que su hija Carla iba echando raíces y dejaba de revolotear.

IFE MOJISOLA

Carla y Amara viajaron otras veces al delta para ver las planta-ciones en compañía de su padre y de Ife Mojisola, con la que ya se tuteaban. Ife les mostró las plántulas en los viveros: miles de pequeños tallos con escasos brotes que crecían en cepello-nes; otros, ya más crecidos en diferentes secciones del enorme vivero; finalmente, una de las áreas de repoblación en la que las plantas iban creciendo en un terreno encharcado. Con la ayuda de una pequeña pala se hacía un agujero en el suelo y se volcaba verticalmente el cepellón. Los guantes y las botas no impedían cubrirse de lodo y salpicaduras. Ife explicó que los viveros eran móviles; debían de estar cerca de las áreas a repoblar. El carácter trashumante de los criaderos les daba un aire de transitoriedad, de movimiento errante, aunque en realidad eran traslados diseñados con todo detalle. Amara se imaginó lo aburrida que debía estar Ife con sus plantaciones regulares de maíz. Ahora la repoblación del delta, aunque su actuación tuviera dimensiones pequeñas dado el tamaño de todo el territorio, le producía alegría; más aún cuando pensaba que el resultado final, que ella no vería, sería su regalo a Nigeria.

Ife no tenía hijos; creía que su marido no había podido dárselos o quizás fuera ella la que no había podido cumplir con uno de los mandatos tradicionales más arraigados en las culturas nigerianas. No tuvo demasiado tiempo para preocuparse; su marido, un hombre muy rico, dueño de varias plantaciones de maíz y participaciones en industrias de productos del cacao, falleció en un accidente de carretera a una velocidad exorbitante en la autopista A1 en dirección a Ikorodu, al norte de la capital. El señor Mojisola era cuidadoso con su salud; se había sometido a pruebas médicas periódicas, había sido intervenido en ambos ojos y utilizaba toda clase de utensilios para mejorar su estado físico y mental, incluyendo sesiones magnéticas encefálicas dirigidas a obtener un grado óptimo de salud mental. Estaba interesado, cuando llegara el momento, en la implantación de microcircuitos integrados para potenciar su memoria, capacidad de decisión y control de sus emociones para sentirse más dichoso y transmitir esta satisfacción a su esposa. Al señor Mojisola no le importaba no tener hijos y no hizo nada para averiguar dónde estaba el problema de la infertilidad. Vivía feliz con sus negocios, su poder y su esposa. Era un hombre apasionado en todos sus actos. Cuando él murió, todo pasó a su esposa, quien ya conocía directamente el funcionamiento de los negocios. Ella continuó con el nombre de su esposo para seguir manteniendo la memoria y la reputación de Mojisola. Conservó y amplió las plantaciones de maíz y de cacao, e inició el cultivo de arroz en el mismo estado de Ogun. Con los años y los avances técnicos, dejó la casa de ambos en Ikorodu y fue a vivir a Lagos, en la Isla Banana, cerca del centro histórico de la ciudad.

Durante varios años se había acostumbrado a vivir sin compañía y dedicada a sus empresas. Por eso, cuando conoció a Ayo, no supo qué camino tomar. Le atraía y se encontraba bien con él y, además de su atractivo personal, era instruido y había viajado por media Europa. En los primeros encuentros mostró una gran reserva que fue desvaneciéndose por la nula presión que Ayo ejercía sobre ella.

Ayo le presentó a su hija, que había estado en España, donde había nacido y vivido su infancia y juventud, y en México, Colombia y Estados Unidos. Más adelante, a la novia de su hija. Todos ellos la trataban con naturalidad, sin prisas, quedándose con ella tal como Ife se manifestaba. Con ellos, todo era calidez, cariño y comodidad en el trato.

Ayo le comentó que se había sometido a una intervención de coronarias superada con éxito; tenía unos implantes en los oídos y utilizaba distintos útiles para la vista a larga distancia, vista nocturna y percepción de ondas más allá del rojo y del violeta. Tenía rodillas nuevas que sustituían a las que había malgastado en sus estúpidos ejercicios de carrera y salto a su llegada a Nigeria.

Ife lo miró con sorpresa, imaginando lo que parecía una copia de su antiguo marido. Le preguntó con cautela si le gustaba correr con el coche, con la avioneta de despegue y aterrizaje vertical que también podía amerizar y con los helicópteros que había tenido. Ayo no le mintió; no le gustaba correr; por el contrario, prefería ir calmado en los viajes y en cualquier otra actividad de su vida.

★★★★★

Los dos años siguientes fueron tiempos de incertidumbre, novedades y esperanzas. El trabajo de Carla, como profesora lectora, era menos motivador, pero mucho más confortable; la preparación de las clases era rutinaria y todo venía explicado a través de programas que usaban inteligencia artificial, tanto para los ejercicios teóricos como prácticos. Obviamente, las Humanidades, o al menos la enseñanza de la literatura, serían diferentes a todo lo que habían sido en siglos anteriores. No le preocupó; había disfrutado con todo lo que había aprendido; la lectura era un mundo en sí mismo que podía satisfacer varias vidas. Aquella forma de dedicar su existencia había terminado. Empezó con entusiasmo el curso de Historia Universal del Arte y a contar con la compañía de Amara.

La situación de Amara era semejante. Siguió con su labor de archivadora en la cuarta planta de la Biblioteca de Historia de la Universidad, donde todos los libros antiguos se estaban editando en memorias digitales que asociaban la vida de los autores, el contexto histórico, social y personal, comentarios relevantes, enlaces a otros títulos y referencias. En resumen, una dedicación en vías de extinción. En casa, ayudaba a Carla con su igbo y se aplicaba en el Curso de Maestría en Educación Primaria para obtener el certificado que la capacitaba para la enseñanza primaria. Era increíble tener que pasar por aquellos cursos después del esfuerzo con las licenciaturas y doctorados.

★★★★★

Las compañías Idowu y Mojisola se fusionaron en el complejo Idowu-Mojisola. Con la unión contrataron a un único CEO y modificaron la constitución del órgano directivo y de los responsables de gestión. Las acciones subieron varios puntos en las bolsas. La dinámica de la nueva dirección y la participación más directa de los trabajadores facilitaron la eficacia e implantación de la nueva compañía. Un objetivo conjunto fue la creación de la Fundación por el Desarrollo Equilibrado del Delta y la convocatoria de financiación de proyectos encaminados a la recuperación de ecosistemas y a la educación de poblaciones marginadas. Ayo e Ife podían dedicar más tiempo a la Fundación, que tenía su sede en Lagos y su ámbito de aplicación en los estados de Bayelsa y Rivers. La primera convocatoria anual se anunció el primer año con tres proyectos de cinco años de duración.

Un proyecto consistía en crear una estación de cría del colobo rojo cerca de la zona media del Bosque Nacional de Edumanom, con participación de la Universidad de Ciencias de Awka. Dentro del parque, la fundación también subvencionó dos santuarios de chimpancés para controlar y proteger su población, esta vez con el apoyo estatal del parque en forma de infraestructuras para el tratamiento e introducción de crías solas y de animales recuperados a cazadores furtivos. El tercer proyecto estaba relacionado con los anteriores y se basaba en programas formativos para el cuidado de los sistemas naturales en la misma región. A los colaboradores se les enseñaban métodos de cuidado y cría de animales en riesgo, técnicas de primeros auxilios y manutención de animales heridos, así como detección de posibles enfermedades y riesgos de mamíferos, aves y reptiles.

Había un cuarto proyecto aprobado por la fundación, en este caso de selección no competitiva para evitar un conflicto de intereses, cuyo objetivo era la ampliación de viveros para la repoblación de los manglares en la región de Nembe; en realidad, una extensión del proyecto de Ife Mojisola, unos kilómetros más al sur.

Con las nuevas actividades de su padre y de Ife, Carla y Amara aprovecharon la oportunidad de conocer algunas áreas del delta, desde los bosques pantanosos y manglares hasta las islas costeras. Los cuatro iban a menudo acompañados de naturalistas y ecólogos especialistas en manglares y zonas boscosas húmedas. Los estudios se llevaban a cabo con la ayuda de los indígenas que conocían bien los lugares, a quienes se les explicaba que la protección de la diversidad favorecía su propia manutención a medio y largo plazo y que la caza de especies protegidas era ilegal. En alguna ocasión, los indígenas comprendían las explicaciones y ofrecían especies vivas capturadas ilegalmente, que hubieran servido como plato caliente del día. Por los ejemplares interesantes les pagaban unas cantidades pequeñas que no significaban un incentivo para la obtención furtiva; los animales eran transportados a un centro de cría al sur de Ayia Abissa.

Desde el aire se acostumbraron a ver el paisaje exuberante arruinado en muchos lugares por el paso de tuberías, pozos y restos de miles de vertidos de petróleo como capas irisadas en el agua. Veían ciudades aisladas en el bosque y poblados míseros; pescadores con pequeñas barcas a remo lanzando sus redes junto a los manglares para recoger escasos peces. En muchos lugares, el bosque era impenetrable, atravesado por canales y corrientes de agua o por pantanos con aguas estancadas en los que no se podía amerizar. Para recorrer por tierra alguna zona, debían alquilar una barca a remo y ser conducidos por los nativos con el fin de recoger muestras del suelo y del agua para estudios químicos y biológicos. Aparentaban estar familiarizados con el entorno, pero sus pasos indecisos por el barro y el agua, y el temor no expresado por encontrarse con alguna serpiente, un cocodrilo, un insecto o cualquier animal dañino no pasaba desapercibido por los guías, quienes se mostraban tranquilos y amables.

En algunas zonas había superficies aceitosas con olor a petróleo. Allí no había nada, ni siquiera mosquitos o mariposas, tampoco peces ni crustáceos; eran lugares muertos. A pesar de todo el desastre, los vertidos habían disminuido y algunos pozos y tuberías se habían cerrado. Había esperanza y voluntad de recuperación; esfuerzo para que aquellas desgracias no se repitieran nunca más.

Ebele Chinyere

Desde el día que visitaron casualmente el orfanato de Twontubo pegado a Brass, Carla y Amara pensaron en tener un hijo o una hija. Fantasearon en que, si una de las dos quedaba embarazada, haría de madre al principio, pero compartirían todos los derechos y deberes de padre y madre. Consideraron la posibilidad de una

gestación *in vitro* en una clínica con semen de donante. Amara
soltó una carcajada diciendo que toda Nigeria era un banco de
semen de posibles y ansiosos donantes. Finalmente, se decidieron
por la adopción de un niño o de una niña.

Presentaron la solicitud de adopción en el Departamento de
Familia, sección Adopciones, con copia a la sección Protección de
Menores en Lagos. Los trámites administrativos estaban informa-
tizados y el procesamiento de datos usaba inteligencia artificial.

Con la superación de los primeros datos de cribado, se pasaba a la segunda serie de actuaciones: estado médico físico y
funcional, examen genético de factores de riesgo de patologías
relevantes que afectan al envejecimiento y pruebas psicológicas
en ensayo múltiple estandarizado. El tercer tramo comprendía
información sobre la adopción y la preparación para la paternidad
y la maternidad. Finalmente, llegaba la selección e idoneidad del
adoptado a las características de los padres. Los plazos no debían
de ser largos; normalmente tenían una duración de un año, pero,
en su caso, surgieron dificultades a lo largo del camino. Debían
de haber vivido tres años seguidos en Nigeria y Carla llevaba
algo más de dos; debían de haber convivido al menos dos años
juntas, faltaban unos meses; además, el matrimonio de dos mujeres
requería la actuación de un letrado que defendiera sus derechos,
argumentando, en su caso, que se trataba de una doble maternidad dado que las dos eran mujeres y que la maternidad era una
tradición en los pueblos yoruba e igbo, a la que toda mujer tenía
no solo derecho, sino también deber, si cabía en sus posibilidades.

La elección del niño o niña, llevada a cabo en paralelo una vez
se avanzaba en los trámites, fue trabajosa. La designación de uno
significaba el rechazo de una mayoría agobiante de niños. Dos o

tres años, tres o cuatro, cuatro o cinco; niño o niña; igbo o yoruba; negro o mestizo; con rizos o pelón; gordito o fino; con mocos o sin mocos; travieso o pacífico. Se fijaron en una niña de unos 3 años, negra, con ojos pillos y sonrientes. La primera vez llevaba una camiseta roja y pantalones anchos. No buscaron más; desde las imágenes pasaron a la realidad; la conocieron directamente, un poco cada día para que la niña y ellas mismas se fueran acercando y vieran que nacían lazos de afecto. Al principio, se notaban inseguras al tratar con la niña; después los encuentros fueron menos nerviosos, más suaves. Ya no era la niña, sino Ebele. El nombre con el que estaba inscrita en el centro era Chinyere. Finalmente, su nombre en el registro de familia fue Ebele Chinyere Idowu Okonkwo. Cuando consiguieron llevarla a casa, había cumplido 4 años. Su idioma era particular; la mayor parte era inglés, con el que se mezclaban palabras igbo y yoruba; era cuestión de empezar despacio a poner orden y educar. Continuaría preescolar.

LAS ESCUELAS

Amara había accedido como maestra de primaria a una escuela pública cercana a Giwa Gardens para trabajar con niños de 6 a 12 años hasta obtener el Certificado de Fin de Estudios (FSLC), que permite el paso a la educación secundaria. Carla fue aceptada, con ciertas reservas al no tener un grado en enseñanza básica, como maestra de Humanidades en una escuela privada británica, también en la zona este de Lekki, con chicos de 14 años que estudiaban Secundaria Básica. Se trasladaron a Eti-Ossa, a una vivienda con terraza y patio trasero. Con el tiempo, Ebele habría de tener tortugas que desaparecieron a los pocos meses por el desagradable olor y la suciedad que producían.

Como si la historia se repitiese, Ebele se rodeó de canciones: *Five little monkeys jumping on the bed*; otras en yoruba: *Lullaby;* o vídeos de canciones en igbo como *Egwu Akuku Ahu,* en casa y en el preescolar. La niña se acostumbró rápidamente al nuevo ambiente, pero en la escuela indicaron a sus madres que Ebele tenía tendencia a esconder los juguetes para ella sola. En las comidas, si sobraba algo, se lo guardaba en un bolsillo de la bata, incluso si era pasta. Notaron que en casa ocurría algo similar; cogía objetos y los escondía en algún lugar seguro de su habitación. Fueron los primeros meses; luego, Ebele fue corrigiéndose al ver que no hacía falta guardar las cosas para sí misma y que estaba bien compartir.

Ayo estaba encantado de su nieta. A ella no se le hacía extraño que el abuelo la hiciera volar cogida de los brazos o que le explicara cosas que casi no entendía. Le hablaba de los bisabuelos Afolabi y Agoachi que vivían como Ara Orun en Egun, de su abuela Carolina, que era la madre de su mamá Carla y que vivía en Barcelona, muy lejos. Le decía lo mucho que él la quería y lo importante que era querer a su madre Carla y a su madre Amara, las mejores personas del mundo. Ayo revivía su propia infancia con su niñera Addana y con la música y los achuchones intempestivos de su madre; también los tiempos difíciles de la infancia de Carla, que no quería verlos repetidos para nadie.

Amara empezó primaria en una clase con veinte niños de 10 años. Era el grupo *Grullas coronadas negras*, que se repartía en cuatro clases del mismo nivel A1-A4. Enseñaba perfeccionamiento de la lectura, escritura, gramática de inglés, yoruba e igbo, las lenguas oficiales del país; manualidades con pintura, arcillas y otros elementos; música local y ritmos, instrumentos; cálculo; normas de conducta en el respeto a los mayores, a las diferencias entre las personas; nociones de la geografía e historia del país, de África y del mundo; y juegos. Los temas y las materias no eran una dificultad, ya que estaban apoyados en diferentes formatos que aprovechaban los seis sentidos principales. Los materiales se renovaban de modo que siempre podía aparecer algún elemento sorpresa que atraía la atención. Existía además un control invisible que analizaba las conductas de los alumnos y categorizaba puntos fuertes y débiles de cada uno, con el objetivo de optimizar una educación personalizada.

Amara encontraba las clases estimulantes para los niños y para ella; aprendía cantidad de cosas, y las que conocía, las veía expresadas en formas nuevas. Sin embargo, la intervención de los maestros era cada vez menor. En el tercer año después del inicio, todo el curso estaba programado. La labor de Amara, como la de otros maestros, se limitaba a tutorías y a trabajar para mejorar sus propios conocimientos. Los temas también se modificaban según los puntos débiles que presentaban los chicos. Aquel año tocó trabajar más el medio ambiente y la naturaleza. Pasaron imágenes de paisajes naturales, de los bosques del delta, del daño que había hecho la extracción descontrolada de petróleo y gas. Los niños empezaron a preguntar qué pasaría si caía un meteorito y mataba a miles de especies, incluso al hombre, como había ocurrido con los dinosaurios. Qué ocurriría con las poblaciones en las estaciones en la Luna y en Marte. Las amenazas reales desde la Tierra les parecían lejanas y preferían continuar con sus lecciones del programa sin mostrar desacuerdo o crítica.

En primaria estaba prohibida la utilización de teléfonos, gafas y audífonos inteligentes dentro de la escuela. A la salida reaparecían estas herramientas que empezaban a funcionar vertiginosamente sin ningún control.

En la Escuela Internacional Británica, Carla se encontró con adolescentes de 14 años educados y obedientes, vestidos con un uniforme azul de chaqueta-pantalón y camisa blanca: ninguna diferencia entre chicos y chicas, ninguna posibilidad de vestir prendas inapropiadas como pantalones estrechos, *tops* y ropa interior al descubierto. Como en primaria, no estaban permitidos los teléfonos, gafas, audífonos inteligentes y tampoco los lectores de pensamiento a distancia. Parecía extraño pensar en la utilización de estas últimas herramientas que tenían precios solo asequibles a gentes muy favorecidas y privilegiadas; no obstante, se había descubierto su utilización por parte de algunos alumnos, lo que había obligado a tomar medidas. A estas edades era incomprensible que los padres permitieran el acceso a los lectores de pensamiento a distancia. En cualquier caso, derivaban sus responsabilidades a los colegios. Las reuniones de padres por videoconferencia no despertaban gran interés entre los progenitores; solo las valoraciones individuales de sus hijos en los comunicados periódicos personalizados se tenían en cuenta. Si las notas no eran aceptables, los padres pedían cómo los maestros podían mejorar la enseñanza para optimizar las puntuaciones de sus hijos.

Todas las herramientas para estudio se daban en clase a través de modernas instalaciones y programas docentes; las piezas de información y los trabajos prácticos se enviaban a las terminales individuales que tenía cada alumno en su casa. No existían libros.

Lo que parecía un ambiente tranquilo, pacífico y ordenado escondía un mundo particular y cerrado entre los adolescentes.

Tenían normas, símbolos y mensajes en código interno que utilizaban para cualquier comunicación. A través de este lenguaje se hacían y deshacían amistades, se podía maltratar en grupo a alguien o, peor, se le excluía del grupo; también se podía ensalzar a alguna persona, o una idea, o una línea de opinión para compartirla con todos. Carla y las personas de su edad o de antes o de después habían tenido jergas secretas, pero la situación en aquel colegio era abrumadoramente impenetrable y poderosa. Lo que más la irritaba era su incapacidad para entender aquel lenguaje; quizás era cuestión de edad, lo que la enojaba aún más.

Avanzado el segundo año, en dirección le advirtieron de un suceso incómodo. Ella era conocida entre un grupo de alumnas como Obo Obo con intención de escarnio, probablemente, haciendo referencia a su vida compartida con otra mujer. Le dolió que, en el momento actual, alguna persona joven considerara la relación entre dos mujeres como algo vergonzoso o como motivo de burla. Se cabreó para sí misma, aunque pareció asumir con naturalidad aquel oprobio delante de la dirección de la Escuela Internacional Británica. A partir de aquel momento, tuvo la certeza de que la aparente buena convivencia entre alumnos y maestros no era más que una convención social; se trataba de mundos diferentes con distintos intereses, distintas pautas y motivaciones nulas de futuro, fuera del cumplimiento de los deberes que se imponían en la escuela.

Carla tuvo un torbellino de ideas que habían estado latentes, pero que nunca se habían expresado. Era alarmante comprobar que la inmensa capacidad de información y de conocimiento y la aplicación de los métodos más sofisticados utilizados para el aprendizaje no tuvieran una contrapartida de razonamiento propio y crítico. No existía tampoco, a pesar de los esfuerzos por imbuirlo, un interés o responsabilidad con su futuro y con la complejidad que les esperaba. Las máquinas los desmotivaban; no haría falta mayor esfuerzo. La mayor preocupación era el dominio y la dependencia de los instrumentos inteligentes.

Aquel día, cuando regresó a casa, le dijo a Amara:

—En el colegio un grupo de alumnas, cuanto menos un grupo, no sé si más, es imposible saberlo, me llama tortillera, bollera, despectivamente, como si fuera una tarada. Joder. Unas putas crías a las que triplico la edad.

—¡Calma! ¿Qué quieres decir? ¿Qué es eso?

—Me llaman *dyke*. Lo que me jode no es que me digan lesbiana, sino que piensen que ser lesbiana es una monstruosidad. Parece que avanzamos, y de pronto una pared elástica te tira para atrás.

Amara se rio:

—¿Tortillera es una palabra española? *Dyke* no existe en igbo.

—Tampoco en yoruba; han montado una palabra que viene a decir coño con coño.

—Carla, tú eres mi tortillera preferida. Déjalo estar. No seas boba.

—¿Qué coños dices? No defiendas a las serpientes que te van a morder. Estoy hasta el coño de los putos críos. Además, no tienen personalidad, siguen las reglas sin cuestionar nada, y cuando lo hacen es para hacer el gilipollas. Son putos *Non-Playable Characters*; putos NPCs.

—Estamos en un lugar diferente. Si les llamas NPCs, no entenderán el significado.

—NPC eres tú —le dijo con ternura.

Bajaron de casa a recoger a Ebele en el jardín de infancia. Hicieron compras y regresaron. Amara estaba aburrida de su trabajo en primaria; Carla no podía con los adolescentes mecánicos.

VISITA A LA ABUELA CAROLINA

La familia Idowu Okonkwo voló a Barcelona para que Carolina conociera personalmente a Amara y a su nieta. Carolina se había negado repetidamente a desplazarse a Lagos, a pesar de que era más fácil viajar uno que moverse tres. La madre de Carla estaba como siempre, no cambiaba con los años. Había seguido tantos tratamientos que su cuerpo era ágil y airoso; su cabeza igual de rápida, mordaz, cautivadora y dominante.

—¡Qué hermosa es Ebele! La niña más hermosa del mundo. —Y le dio un beso en cada mejilla.

Carla continuó en inglés para que todos participaran de la conversación.

—Mamá, esta es Amara. Ya la conoces por las videoconferencias.

—Querida Amara, es una alegría conocerte en persona. Eres encantadora. ¿Cómo estáis? ¿Ha sido pesado el viaje?

Hablaron mucho los tres días que estuvieron en Barcelona. Carolina estaba contenta con su dedicación, que era el trabajo, y con las vacaciones que se tomaba de vez en cuando a las Islas Canarias para desconectar del día a día. Su profesión en la medicina privada le iba bien. Había podido ponerse no se sabe cuántos implantes y un lector de pensamiento. Tenía una memoria y una locuacidad asombrosas. En cuanto a patrimonio, además de la casa en donde Carla había crecido, tenía otras dos viviendas para alquiler, lo que le proporcionaba unos ingresos adicionales; y el capricho de un apartamento en Las Puntas en la isla de Hierro, un lugar maravilloso frente al mar.

Carla, Amara y Ebele durmieron en la misma habitación de su infancia, que había sido transformada en una estancia con baño para posibles invitados. Ebele durmió entre sus madres. Todo estaba ordenado y nuevo, como por estrenar.

Carolina preguntó cortésmente por Ayo y le pidió a su hija que le transmitiera todo su cariño. También les preguntó sobre su trabajo y posibles salidas futuras. Era evidente que no tenía ninguna confianza en que hubiera algún futuro en aquellas profesiones. Tanta dedicación para ser maestras; menuda tarea. Carolina estuvo amable, gentil y acogedora; aunque su trato era muy formal y algo distante. Le regaló unos juguetes a Ebele y entregó un programa de español a Amara como si le diera su propia cultura y vida. Al tercer día, tomó a Carla en un aparte y le dijo, en español, que respetaba su elección de modo de vida y que se sentía orgullosa de ella, para añadir que ella era su única hija y la persona más querida, y que tuviera en cuenta que todas sus cosas serían para ella llegado el momento, quisieran o no regresar a España. Carla vio en aquella confesión la velada sugerencia en el primer intento de hacer valer su voluntad para que regresara algún día a su verdadero hogar. Era irritante su forma de actuar. Carla le dijo:

—Mamá, estamos a gusto en Lagos. Allí está nuestra casa. Tenemos nuestros trabajos y somos felices con nuestra hija. Amara está acostumbrada a vivir allí.

—Querida Carla, también os adaptaréis a vivir aquí.

Durante trece días viajaron a Madrid y a distintos lugares de la costa del Mediterráneo. Para Amara y Ebele todo era nuevo, y para la niña, un poco pesado también; no tenía mucho tiempo para jugar, pero le ilusionaba el mar y bañarse en la rompiente de aguas tranquilas y claras. Agotados los recursos, pasaron nuevamente por Barcelona para estar un par de días con su madre y ver algo más de la ciudad.

Repitieron su invitación a que su madre las visitara en Nigeria. Carolina agradeció la oferta sabiendo que no la iba a cumplir nunca. Al llegar a su casa en Eti–Ossa, Lagos, las tres estaban agotadas por el viaje, se ducharon y se pusieron a dormir muy pegadas la una a la otra.

Los libros: *Peter Pan*

Los temarios de las clases eran dinámicos, cambiaban a menudo. Los programas realizados con inteligencias artificiales por las empresas dedicadas a la enseñanza contenían un control interno para detectar noticias falsas y descripciones inapropiadas. Aunque los productos para consumo habían pasado los cribados, el pirateo y los ataques informáticos, que parecían ser una diversión, podían introducir contenidos no autorizados o falsos en cualquier momento. Era necesario tener controles internos de los temas en casi todas las escuelas que pudieran permitírselo. Carla fue una de las personas elegidas para llevar a cabo este cuidadoso y fatigoso trabajo en la Escuela Internacional Británica.

—Todo el día metida en un cuarto, visionando contenidos, corrigiendo y adaptando temas. En los cuatro meses que llevo, no he hablado con un solo alumno y poco con los otros profesores.

Amara, tienes suerte con tu curso, pero yo no puedo aguantar el mío.

—Habla con la dirección y explícales tu situación. Quizás no entiendan que prefieras una actividad con menos responsabilidad, pero con más contacto con los alumnos.

—No sé qué hacer. Lo que hago no tiene ninguna relación con lo que a mí me gusta. Llego a casa y lo que deseo es leer un libro verdadero. No me apetecen versiones nuevas digitales, aunque puedas extraer parte o la totalidad del texto y pasarlos a un soporte de papel. Todo el mundo publica; no hay críticos, solo vendedores. A lo único que puedo alcanzar es a descubrir con esfuerzo obras centradas en algún país, en algún tema, asumiendo que el resumen acompañante pueda despertar mi interés.

—Carla, tenemos montones de libros, una rareza, pero los tenemos, y también libros infantiles o juveniles. Disfruta, no te amargues.

—Amara, tengo un regalo solo para ti: *The story of Peter Pan retold from the fairy play by* Sir J. M. Barrie *by* Daniel O'Connor; está ilustrado por Alice B. Woodward y fue publicado en 1929. Perteneció a mi tatarabuelo.

Le dijo:

—¿Han leído *Peter Pan* tus alumnos?

—¿Leído? No.

Amara la miró con cariño y tomó el libro de tapas duras que tenía las páginas con manchas amarillas y alguna hoja desprendida.

—Mi padre me ha vuelto a decir si queremos trasladarnos a Lekki I; la casa es demasiado grande. Ife y él desde el principio acordaron vivir cada uno en su casa. Se quieren, ya lo ves, pero es su decisión. Lo entiendo, puede hacerse difícil vivir juntos de mayores cuando cada uno tiene sus costumbres. Además, es emocionante estar como novios toda la vida. ¿No crees?

—Si quieres —dijo Amara bromeando—, te vas a Lekki I; yo me quedo aquí con Ebele y nos vemos los fines de semana.

Inmediatamente vio que había dicho algo inoportuno. Continuó enseguida:

—Si quieres, me voy yo a casa de tu padre y tú vienes a vernos. Si quieres, vamos todos a casa de tu padre. No es lo que más me apetece, pero lo que deseo es vivir contigo siempre.

Como sus trabajos de cribado del material escolar podían hacerse en casa y solo precisaban la utilización de terminales, la labor presencial no era necesaria; podían tener reuniones en línea casi cada día y comparecencias mensuales en las escuelas con la dirección y el resto de los maestros del curso. En principio estaban liberadas para moverse donde quisieran, pero la asistencia de Ebele a la escuela primaria era prioritaria además de obligatoria.

Los fines de semana iban a las playas, o a Enugu a saludar a sus abuelos, que se convertían irreversiblemente en ancianos; sin embargo, no mostraban el más mínimo interés en recibir tratamientos rejuvenecedores, ni apéndices externos que pudieran retrasar su deterioro. Tampoco andaban sobrados de recursos. De hecho, estaban más cómodos con el discurrir natural de los acontecimientos. Habían podido ganarse la vida, habían tenido hijos, y ahora tenían una nieta que era la alegría de sus vidas; no querían desear nada más y nada menos.

Los viveros del delta

Desde un principio, el reparto de Nigeria Sur y Nigeria Norte no fue satisfactorio para los musulmanes del norte, quienes

hicieron resurgir de la memoria colectiva las grandezas del antiguo Califato de Sokoto. Por el noroeste, los estados de Kabbara
y las zonas occidentales de Kebbi y Níger tenían riquezas de
minerales raros; en el este, Taraba y Adamawa, uranio y bauxita;
el estado de Kogi, grandes recursos de cemento y carbón. Más
importante, los habitantes de estos territorios eran en su mayoría o en su totalidad musulmanes con algunos grupos cristianos
minoritarios. Todos aquellos territorios eran parte de Nigeria
Sur, pero, para los vecinos del norte, les habían sido robados en
las negociaciones de la partición.

A los años inestables de la división de Nigeria los siguió un
período de tranquilidad con operaciones comerciales entre el
norte y el sur, con Abuya como capital comercial. Unos años
después, ahora, el escenario había cambiado: se habían producido protestas masivas en Abuya, en varias ciudades de Nigeria
Norte como Maiduguri, Kaduna y Jos; agresiones a cristianos
por grupos radicales islámicos; secuestros en escuelas y poblados
remotos; y, recientemente, dos atentados con bombas en la ciudad
de Makurdi, en la frontera de Nigeria Sur.

La guerra abierta, aún como enfrentamiento local, no inte-
resaba a los principales protagonistas, China y Rusia, quienes, a
pesar de no tener bases ni fuerzas propias en Nigeria por decisión
gubernamental, ofrecían una red de información y una cobertura
en inteligencia y en armas disuasivas, que impedían una escalada
bélica en la región. Las principales ciudades grandes y medianas y
los puntos de valor energético, como el delta, tenían sofisticados
escudos protectores. Sin embargo, las escaramuzas y pequeños
ataques producían una condición de inseguridad y de inestabi-
lidad en las zonas fronterizas. Como medida disuasoria, Nigeria
Sur había reducido los permisos de migración a sus vecinos del

norte, además de reforzar la vigilancia con drones a lo largo de los puntos más sensibles de la frontera. Las tasas arancelarias habían aumentado para los cereales del norte, una vez crecidos los cultivos de maíz, arroz, yam y aceite de palma en Nigeria Sur. No había guerra, pero entre las personas informadas había tensión y temor fundamentados.

★★★★★

Ife le dijo a Ayo:

—Desearía aceptar la fusión de Idowu-Mojisola con el grupo Kayode-Okeke; tener una participación de un cuarenta y dos por ciento, representación en el Comité de Dirección de la nueva empresa y conservar nuestra fundación bajo el paraguas de KOMI Co (Kayode-Okeke-Mojisola-Idowu Corporation). Carla no tiene intención ni sabe nada del mundo empresarial; Amara tampoco. Quizás más adelante se inclinen por trabajar para la fundación; les gusta el funcionamiento y están motivadas para seguir en el proyecto. Pero, desde luego, lo suyo no es la empresa.

Ayo contestó:

—Me preocupa Carla; la veo decepcionada con su dedicación a la escuela. La conozco bien; ni por asomo lo que hace es lo que hubiera querido y por lo que ha trabajado toda su vida. Le gustan la literatura y las humanidades; también los entornos naturales. A Amara la veo disfrutar en la escuela primaria; tiene mayor contacto con los alumnos y esto la hace sentir útil e integrada. No veo cómo se apañarán juntas en el futuro.

—Ayo, deseo vivir contigo con mayor plenitud. Me gustaría trasladarme a tu casa o que vengas a vivir a la mía. En cualquiera de las dos tenemos espacio suficiente para conservar nuestra propia privacidad. Carla y Amara no quieren vivir en la casa con su padre, pero nosotros dos no necesitamos dos mansiones. Estaría dispuesta a aceptar todos los libros de Carla y Amara, y las cosas que no quepan en su piso, excepto las tortugas que tienen en el patio. Somos mayores, pero estamos bien siendo casi organismos cibernéticos —dijo riendo—. Además, me gustaría viajar, ver la nieve, visitar lugares exóticos como Islandia, Alaska y Madagascar; estar juntos antes de convivir con los ancestros.

★★★★★

Carla y Amara habían vuelto al delta varias veces en compañía de Efi y de Ayo. Ebele se portaba bien y no tenía ningún problema al viajar en helicóptero. Iban a los nuevos viveros y al Bosque Nacional de Edunamo, también a una de las desembocaduras del río en Odioma. Allí había playa de arena fina que tocaba al mar abierto hasta el infinito. Más arriba, los colores verdes se metían en el río y los embarcaderos servían para saltar a las barcas que marchaban río arriba; el agua salada del río era turbia pero no sucia. En barca navegaron río arriba a una tremenda distancia entre una orilla y la otra; la barca se movía rápida, a trompicones, dejando olas a popa. Los manglares eran exuberantes; vieron algún cocodrilo y muchas aves. Bastantes kilómetros río arriba, entraron por el sur en el bosque nacional y, más adentro, encontraron la reserva de la fundación para la protección, cría y repoblación del colobo rojo. En las grandes jaulas, no había solo colobos rojos; había otros monos que habían sido recogidos dañados y crías cuyas madres habían desaparecido; también había dos chimpancés hembras adultas. Los trabajadores vivían en cabañas de madera con equipamientos mínimos junto a los almacenes y a la sala veterinaria. Había otros animales: ardillas y *duikers*; más al norte vivía una colonia de hipopótamos pigmeos; había miles de pájaros.

Carla procuraba ir a menudo al delta por unos pocos días. Amara se quedaba en Eti-Ossa en la escuela, con Ebele a su cuidado. Otras veces Carla fue a los viveros y estuvo plantando cepellones. Aquellas tareas pesadas le gustaban; podía pasar horas en cuclillas con dolor al levantarse y casi no recordar cómo se puede aguantar uno en pie. Cada vez se encontraba más alejada de la escuela y, por el contrario, deseaba estar sola durante un tiempo.

A finales de junio, terminada la escuela, Carla le dijo a Amara que iría tres semanas a los viveros entre Nembe y Brass. Era temporada de lluvias y quizás no el mejor momento para estar con Ebele en las zonas inundadas y en las tierras pantanosas. Hacía calor y humedad; todo el día lo pasaba bañada en sudor. Era, sin embargo, un buen momento para preparar los planteles y controlar los daños en antiguos manglares con la tierra viva, pelados de vegetación. En algunos lugares de la plantación se deberían construir barreras protectoras; el año era difícil por la cantidad de lluvias. Marchó con algo de culpa, con nostalgia por no ver a Amara y a Ebele durante tres semanas, que podían ser más. Cuando llegó a Tomkiri, el cielo estaba cubierto de nubes y el agua caía en los palmerales y mucho más allá. Respiró profundamente; olía a lluvia y a lodazal. Paseó un rato entre los riachuelos de agua, con la ropa empapada pegada a su cuerpo; el cielo se le caía encima con fuerza; las gotas en la cara no le dejaban ver el entorno con claridad. Carla respiró lentamente, sintió regocijo y paz.

Círculos

Sometimes a story does not make immediate sense:
one has to listen and keep it in one's heart,
in one's blood, until the day it will become useful.
Radiance of tomorrow, ISHMAEL BEAH

KUMBAH

Vista desde el aire a unos 1.000 metros viniendo del océano, la península de Freetown se ve con una cadena de montañas no muy altas, formando unas crestas redondeadas, cubiertas de selva densa y largas playas de arena blanca, fina, bañadas por el mar. Al norte, se abre uno de los puertos naturales más impresionantes del mundo. Hacia el interior, se extiende la planicie de sabana con algunas sierras, montañas, selvas y ríos. Si voláramos hacia el interior, encontraríamos las montañas Loma y el monte Bintumani, el más alto de África Occidental exceptuando el monte Camerún. Al acercarse, en primer término, la capital, Freetown; más allá pueden verse núcleos urbanos dispersos, ciudades, pueblos y poblados. El territorio está habitado.

¡Crick! ¡Crick! ¡Schrib! ¡Schrib! ¡Crick!

Frases indescifrables y ruidos de utensilios eran los murmullos del poblado; el humo era el olor de los hogares.

Kumbah salió corriendo de su cabaña donde vivía con sus padres y dos hermanos. Mirando atrás para estimar la distancia de sus perseguidores, vio el horror reflejado en la cara de su padre al ser tajado a machetazos. El pánico la hizo correr más, pero, sin saber cómo, se encontró rodeada de ocho hombres con fusiles AK-47 y machetes. La empujaron de uno a otro y la violaron; ella estaba aterrada y los hombres reían, drogados. Le pegaron y la dejaron tirada sangrando. Tenía 15 años. Regresó al poblado y lo que vio de su padre y de un hermano la horrorizó. Su madre estaba en un rincón con los ojos abiertos, fijos, mirando la nada. Su hermano menor había desaparecido. En otras cabañas, la desolación era similar: muertos a tiros o a cuchilladas, mujeres violadas y jóvenes ausentes. La choza del jefe del poblado estaba ardiendo, ya medio chamuscada; el hombre estaba tendido en el suelo. Los pocos animales y enseres no existían o estaban en pedazos. Algunos pocos supervivientes regresaron para reconocer a sus muertos, lavarlos, vestirlos y enterrarlos. Era 1992.

Madre e hija enterraron a los muertos y se fueron tal como estaban hacia la península y su capital, Freetown, que en aquel momento parecía un lugar más seguro. Nueve meses más tarde, Kumbah tuvo una hija que fue considerada como su hermana menor. Miles de refugiados llegaron a la capital buscando protección sin poder dar nada a cambio. En Freetown había escasez de agua, electricidad, saneamiento de cualquier tipo y comida. Los habitáculos para los nuevos residentes eran chabolas construidas con materiales simples que se inundaban o se desmoronaban en la temporada de lluvias.

La guerra terminó en 2002; había dejado más de cien mil muertos y otros tantos mutilados; dos millones y medio de habitantes se habían convertido en refugiados. El país estaba devastado. Las enfermedades infecciosas eran prevalentes y el sida había matado miles de personas solo en el año 2001. Terminada la guerra,

Kumbah, de 24 años, tenía dos hijas; la primera, Bintu, de nueve, y la segunda, Aminata, resultado de otra violación en 1999 y también aceptada como hermana menor, de 3 años. Entre ambas, Kumbah había tenido dos abortos espontáneos y un hijo que nació vivo, pero murió a las pocas semanas con fiebres altas y deshidratación.

La familia vivía bajo la protección de un hombre que tenía varias mujeres. El trabajo del hombre tenía relación con un establecimiento de maquinaria propiedad de unos libaneses. Kumbah trajinaba en la limpieza de las casas de los nuevos expatriados, agrupadas en complejos rodeados de alambradas y protegidos por hombres armados. Esto ocurría hasta entrado el 2008.

A los 30 años, Kumbah no tenía ningún futuro en Freetown, más que la continuidad en la miseria. A esta edad, seguía siendo casi analfabeta, aunque había aprendido krio y algo de inglés; el mandé lo reservaba para los suyos. A pesar de los años, Kumbah seguía siendo atractiva, con una sonrisa escasa pero cariñosa y una mirada penetrante de brillantes ojos negros. La experiencia acumulada de tantos años de vejaciones por parte de hombres de distintas etnias y razas le había dado un conocimiento animal de los trucos y bravuconadas que utilizaban estos para dominar a las mujeres y también la había dotado de recursos para engañarlos o enredarlos para obtener algún beneficio. Los favores sexuales eran una moneda de cambio que podía servir para apañar la penuria y, quizás, marchar a otro lugar.

Kumbah quedó embarazada y convenció a un hombre blanco, al que servía en su casa, de que el hijo era fruto de sus relaciones. El hombre se llamaba Baptiste Willems, tenía 53 años, estaba separado y divorciado desde hacía más de dos décadas, con hijos ya adultos que nunca veía. Baptiste, un expatriado procedente de

Bruselas, destinado a Sierra Leona como experto en programas de desarrollo de la Unión Europea, aceptó con entusiasmo la posibilidad de constituir una nueva familia con la que sería su mujer y su descendencia. Preparó una habitación para la nueva criatura, conoció a las hermanas menores Bintu y Aminata, y esperó, con impaciencia, la llegada del niño. Ambos imaginaron una nueva residencia tan pronto como él pudiera regresar de su destino en Sierra Leona.

La comunicación no era fácil y, frecuentemente, Kumbah se mantenía callada y pensativa; padecía una profunda tristeza y abatimiento, aunque se alegraba al recibir pequeños regalos e incluso alguna joya.

En las últimas semanas antes del parto, la abuela y unas amigas se alternaban en la casa para atender a las necesidades de la embarazada. Sin embargo, la abuela no era la madre de Kumbah, que había muerto en el asalto de Freetown; el parentesco entre aquella mujer anciana, las otras mujeres y Kumbah no pudo despejarse. Algunos hombres que se presentaron como parientes de Kumbah pidieron ayuda monetaria para distintos negocios que tenían en marcha. La situación era extraña y perturbadora por la presencia cada vez más intimidatoria de tantas personas al acecho de un favor o de un regalo como contrapartida del embarazo que había ocasionado un extranjero a una mujer de su familia. Kumbah estaba como ausente, como si dudase de lo que estaba sucediendo. En el parto, no dejaron estar presente a Baptiste. Nació un niño negro como el carbón.

La casa de Baptiste había sido ocupada totalmente por extraños que pretendían un parentesco más o menos cercano con Kumbah. Ella permanecía callada, cuidaba del niño, pero parecía absorta. La invadió una sensación de haber estado a punto de obtener algo valioso, perseguido durante años, para malograrse en el último momento.

Con la ayuda de sanitarios extranjeros, Baptiste obtuvo muestras biológicas de la madre y del niño y las llevó consigo a Europa para hacer un análisis de ADN. Tomó uno de los dos helicópteros destartalados que hacían de puente entre Freetown y el aeropuerto internacional de Lungi, al otro lado de la bahía, subió al primer vuelo disponible de Brussels Airlines y se plantó en Bruselas. La probabilidad de paternidad resultó inferior al 0,001 %. El niño no era suyo.

Baptiste Willems quedó desconcertado y triste; aun teniendo claras sospechas de cuál sería el resultado, albergaba una esperanza remota de que fuera un mal sueño. Al descubrir el engaño, decidió regresar a Freetown para buscar explicaciones.

En Bruselas, le aconsejaron no volver a Sierra Leona. No hubiera sido fácil, y con toda seguridad peligroso, intentar un diálogo o una negociación con aquellas personas que habían invadido su casa con su consentimiento; más aún, si existía un compromiso de paternidad, aunque fuera falso. Amigos en Freetown recogieron sus pertenencias y algunos muebles y los cargaron en un contenedor para que fueran devueltos por barco a Europa.

Ocupando una vivienda alquilada por una institución, Kumbah y el resto de los moradores fueron desalojados por fuerzas de seguridad. Al niño le pusieron por nombre Amadú con el significado de "muy alabado". Esto ocurrió a finales de 2011.

Baptiste quedó profundamente afectado por el engaño, no solo de la falsa paternidad; además, tuvo la revelación de la maternidad previa de dos hijas escondidas como hermanas de Kumbah.

Solo bastante tiempo más tarde, Baptiste comprendió que la verdadera víctima era Kumbah, y, como ella, todas las personas que se ven abocadas a conductas desesperadas para sobrevivir. Baptiste era afortunado por haber nacido y crecido en un medio nada hostil comparado con el de las poblaciones en guerra y la de sus supervivientes; había recibido ayuda para apartarse de una situación miserable, a menudo olvidada, derivada de la guerra y de la indigencia.

BAPTISTE WILLEMS

Baptiste Willems, belga, nacido en Bruselas, era un hombre no muy alto, ancho, con la cabeza tirando a grande y la cara redondeada; tenía un cabello espeso, castaño; los ojos marrones y la mirada neutra. Estando de pie, parecía una roca; en movimiento, denotaba determinación y cierto envaramiento. Tenía un trato amable, pero su intimidad era impenetrable. No resultaba físicamente atractivo y su conducta no invitaba a iniciar una amistad. Su presencia en cualquier lugar parecía marginal.

Había conocido a su mujer en la universidad. Entonces era un joven que estaba preparando unas oposiciones para trabajar como funcionario en la Unión Europea; ella era secretaria en un departamento de la universidad. Su mujer quedó prendada porque le pareció que detrás del carácter distante y algo frío se escondía una persona sensible; más que pasión, sintió ternura. Él siguió el cortejo de ella y empezaron una vida juntos. Baptiste la miraba con cariño y admiración mientras ella hacía cualquier cosa; se sentía venturoso por tener aquella compañía. A veces iban a cenar fuera de casa y raramente salían con algunos conocidos.

Había tenido dos hijos por los que se sentía agradecido. Aunque no le salía demostrarlo, tener una familia había sido, sin lugar a duda, su mayor logro.

Era un funcionario diligente en los despachos de la Unión Europea en la Rue de la Loi y alrededores gracias a su talento, preparación técnica y facilidad para los idiomas. Nunca se planteó tener un cargo directivo.

Sin embargo, su dedicación profesional, que implicaba una ocupación diaria considerable, su sentido del deber y el progresivo deterioro de su dedicación familiar le llevaron a una separación matrimonial y un divorcio que él nunca hubiera deseado. Quizás, las razones de la separación no fueran exclusivamente profesionales. Su tendencia a la perfección, su meticulosidad, su orden en la planificación personal y su predecible práctica de rutinas fueron los motivos mayores que llevaron al aburrimiento de su mujer. No llegaron a discutir ni a enfadarse; Baptiste intuía las razones de ella y facilitó todos los trámites mecánicamente, como si fuera un proyecto encima de la mesa de su despacho que debiera resolverse con la mayor solvencia.

Fue a vivir a un apartamento en el segundo piso de una casa antigua de ladrillo, remodelada, en el barrio de Ixelles, cerca de los estanques. Los hijos se quedaron con su madre. Su poca dedicación, aunque sentía cariño por ellos, los alejó. Perdió su compañía.

Baptiste descubrió que abrirse a otras personas y expresar sin restricciones amor y afecto podía originar felicidad a los demás y a uno mismo. Él no había actuado de este modo y allí estaba el resultado. Sin embargo, a pesar de estas impresiones, no se veía capaz de cambiar.

Pocas personas supieron de su vida familiar y menos aún de cómo la ruptura matrimonial le había afectado.

Después del divorcio, siguió con su dedicación profesional, pero cada vez menos apegado a su entorno. Al cabo de un tiempo, advirtió que había trabajado en los cuarteles generales de la Unión Europea durante veintitrés años con mucha más entrega y eficacia que sus iguales o superiores; se había granjeado serios adversarios por ajustar a la baja presupuestos para proyectos que parecían desmesurados y estaba harto de formar parte de una maquinaria rígida y estereotipada.

Se le ocurrió que una solución para evitar su abandono sería no cambiar él, pero sí mudarse a otro lugar, tanto mejor cuanto más alejado de su ambiente actual. Estuvo dando vueltas a esta idea. Dudaba como nunca antes lo había hecho. Por una parte, quería apartarse de la vida profesional rutinaria y recuperarse de su descalabro familiar; por otra, le asustaba iniciar un tipo de vida nuevo; finalmente, sentía que la huida sería una forma de expiación.

Baptiste decidió dejar Bruselas y marchar a un lugar lejano, quizás a un país de África negra de la costa atlántica. Aunque era una solicitud excepcional, le adjudicaron un puesto en Freetown, Sierra Leona, un país que necesitaba ayuda económica bien planificada para obtener el mayor beneficio en la reconstrucción después de la guerra civil que había asolado la región.

Así pues, Baptiste se despidió con educación de sus compañeros de trabajo y con afecto de algunos pocos amigos; preparó un contenedor con sus bienes para embarcarlo hasta su destino y dejó el barrio de Ixelles que tanto le gustaba. El día de la partida, su mujer lo acompañó al aeropuerto. Pero ya no se vieron más.

★★★★★

Los vuelos llegaban al aeropuerto internacional de Freetown de Lungi en la ribera norte de la bahía de Tagrín. La carretera a Freetown salía del aeropuerto, rodeaba el estuario y se dirigía por el interior hasta Port Loko; se desviaba luego hacia Masiaka; de ahí a Waterloo, Hastings y Freetown. De día, el recorrido implicaba varias horas por carreteras difíciles y frecuentemente transitadas por vehículos, animales y personas. De noche, imposible aventurarse por ellas.

En 2008, el transbordador que cruzaba la bahía hasta la ciudad estaba abarrotado de vehículos, sacos, fardos, maletas, bultos y multitud de personas de todas las edades vestidas con trajes multicolores. El ruido de los motores contrastaba con la oscuridad de la noche sin luna y sin luces eléctricas a la vista, salvo las del transbordador. En la estación terminal de Kissi había un barco hundido parcialmente desguazado, alguna barcaza, varias lanchas con motores fueraborda y barcas de madera. Tan pronto se abrió la compuerta de salida, la gente escapó como una mancha que se extiende. Apenas había algunas lámparas de aceite que iluminaban un corredor flanqueado de pequeños puestos de cacahuetes, mangos, naranjas y plátanos. Allí le esperaba la furgoneta con el conductor y los dos *jeeps*, uno delante y otro detrás, con seis soldados armados en cada uno de ellos. Empezó una marcha lenta entre la multitud que aparecía por todos lados. La ciudad era grande con edificios bajos y desordenados, y la oscuridad era agobiante. La comitiva fue subiendo a una de las colinas de la ciudad, hasta Hill Cot Road y, más adelante, hasta un complejo de casas e instalaciones cercado con muros de cemento coronados con alambradas de púas y concertinas barbadas. La puerta del recinto se abría a un patio amplio por el que se llegaba a los distintos inmuebles. Turnos de diez jóvenes soldados armados vigilaban día y noche. Esta seguridad era obligatoria y justificada por el recuerdo, todavía reciente, del fin de la guerra y la posibilidad de que se reavivaran rescoldos violentos. En las noches siguientes, no era raro encontrar a alguno de los soldados durmiendo en el suelo, bajo un árbol o en la pequeña caseta donde se almacenaban los utensilios de la guardia.

Poco después de su llegada, Baptiste fue a ver el Cotton Tree, que se encontraba en el centro de Freetown y que se remontaba a la llegada de los primeros esclavos liberados. La inmensa ceiba de 75 metros de alto y 15 de ancho era considerada el símbolo histórico de la libertad de los esclavos venidos de América y la marca de la ciudad. El árbol estaba en la calle más larga, Siaka Stevens, donde se encontraban la mayoría de los edificios oficiales, ministerios, el palacio de justicia y la oficina de correos. Cerca se encontraba el Fura College, la universidad más antigua de África.

Recorrió los mercados de Upgun y Victoria Park, con multitud de tenderetes con frutas y verduras como guayabas, bananas, sandías, calabazas, mandioca, arroz, mijo, sorgo, frijoles, cacahuetes, variedades de té y distintas hierbas que no supo reconocer. En otras zonas de los mercados había tiendas que vendían telas de colores llamativos con dibujos de formas variadas. Allí había también pequeños comercios de sastrería donde se tomaban las medidas de la persona que deseaba un traje, un pantalón, una camisa o un vestido con la tela que previamente había comprado y, dos días más tarde, se podía pasar a recoger la prenda terminada.

En los alrededores de los mercados, se podían encontrar vendedores de utensilios de cocina, cestas, ollas y piezas usadas para sustituir las dañadas de cualquier instrumento o trasto.

También acudió al mercado de pescado, con puestos de pescado fresco, seco o ahumado. El olor era muy fuerte; para los sentidos de Baptiste, el ambiente apestaba a basura y a pesca podrida.

★★★★★

Freetown era una ciudad extensa con edificaciones amontonadas y barrios de chabolas. Aparecían casas de obra de dos o tres pisos, de un modo desordenado; ocasionalmente, se veían casas de madera de la época colonial, en su mayoría parcialmente en ruinas.

La vida en la ciudad era abrumadoramente miserable; la capital seguía sin infraestructuras, agua corriente y electricidad para alimentar la enorme cantidad de población. En las playas de Lumley y en los descampados alrededor del antiguo campo de golf, niños y adolescentes jugaban a la pelota. Muchos de ellos no tenían más que una mano o un brazo, o un pie, y se mantenían como podían para seguir el juego. Sin embargo, había una apariencia de normalidad en el deporte, y también en las personas que pasaban el tiempo sin hacer nada: jóvenes dormitando en equilibrio inestable encima de las motos, vendedores ambulantes de comida y pequeños utensilios y personas apretadas en los microautobuses de la ciudad. En algunos lugares, el ambiente era de agitación, ineficacia, sometimiento y exasperación; en otros, de indolencia y desesperanza.

Baptiste inició su cometido con entusiasmo y dedicación, una actitud muy propia de él en sus años más jóvenes. Recuperó algo de la confianza en sí mismo, se dispuso a sacar la cabeza del caparazón y empezar de nuevo como una tortuga renovada después de un largo invierno.

Al poco de llegar, dedujo que, en Sierra Leona, él era un *opoto* (hombre blanco, portugués) y que nunca sería considerado un miembro de la comunidad local. Su condición de blanco expatriado era la marca distintiva en cualquier espacio; su círculo social estaría, probablemente, limitado al formado por otros expatriados. Enseguida pudo percibir la diferencia de mundos entre los individuos que trabajaban en oficinas y las multitudes que pululaban por cualquier parte de la ciudad. Poco después, supo ver las diferencias entre los krios, mejor situados y más arrogantes, y los procedentes de otras partes de Sierra Leona, más pobres y desposeídos. También aprendió a distinguir las particularidades de los que ocupaban puestos de poder o que tenían riqueza, y las de la población de libaneses que gestionaban la mayor parte de talleres especializados, comercios y oficios en los que se requería una cierta formación. Pese a la apariencia homogénea, existía un sistema de clases en clave interna que distinguía grupos de población según el poder, la riqueza, el lugar de origen de los individuos y las etnias. Las diferentes religiones parecían convivir sin discriminación.

El cometido principal de Baptiste en Sierra Leona era el seguimiento y control de algunas obras de infraestructuras que estaban en marcha, y el diseño de futuros proyectos relacionados con la facilitación del transporte de mercancías a través de las vías existentes y de otras nuevas. Eran proyectos estratégicos costosos que requerían un examen minucioso.

★★★★★

La carretera de la costa de la península, que es en realidad una vía de circunvalación, tenía zonas en construcción que debían finalizarse. El proyecto avanzaba lentamente y había que discutir varios aspectos de cesión de obras y de su financiación. Baptiste hizo un informe exhaustivo y minucioso de la situación; programó pagos y estableció plazos cortos con el objetivo de tener un mejor control de los logros.

Hacía un calor sofocante; en la temporada seca, el harmatán llenaba el cielo de polvo amarillo; en la temporada de lluvias, la ciudad se convertía en un barrizal. Baptiste Willems utilizaba siempre el coche con el distintivo diplomático.

Una primera visita fuera de la península fue a Port Loko, centro neurálgico por el que circula la carretera principal que une Freetown con Conakry, la capital de Guinea. Port Loko está situado al final de la ría o estuario Bankasoka, que al unirse con el río Rokel forma el gran estuario del río de Sierra Leona. Además de centro de comercio, la región de Port Loko era la principal zona minera de bauxita. El estudio en Port Loko tenía por objeto analizar la viabilidad del estuario, sujeto al cambio de mareas, como gran vía de transporte de mercancías de la región de Port Loko hasta Freetown.

Otro proyecto tenía el foco en el embalse y central en Bumbuna, en el río Seli, en el distrito de Tonkolili, única central hidroeléctrica del país que debía producir 50 MW. La región era rica en bauxita, oro, diamantes y rutilo, y existían industrias mineras encargadas de su extracción y comercio. El inicio de la construcción de la presa en 1982, pero se vio interrumpido por la guerra civil. Fue necesario el contrato de mercenarios por parte de la empresa para evitar que cualquier bando se hiciera con el control de la presa. Los trabajos se reanudaron en 2005, pero no fue hasta 2009 que se dio por terminada la primera fase después de múltiples problemas técnicos. El rendimiento no cumplía con las expectativas y la mayoría de la población en Freetown no tenía electricidad o sufría cortes constantes de suministro, mientras que las minerías seguían funcionando.

Se produjo la impresión de que tanta impericia y lentitud era voluntaria y salpicada por la corrupción de favorecer la extracción y comercio de minerales y diamantes de las minas mientras duraban las obras. Los beneficiarios podían haber sido miembros del propio gobierno en connivencia con la empresa constructora y algunos grupos de presión.

★★★★★

La situación en las ciudades del interior era caótica; el movimiento de camiones, coches, motocicletas, carros y otros vehículos apestaba el aire con gases de combustión mal quemados. Makeni era otra fea ciudad con un monumento de tres arcos, coronados en sus extremos por unas columnas en las que asomaban barras de hierro como soportes de una construcción inacabada.

En los poblados, aparecían montones de niños pidiendo dinero, chucherías, lápices y cuadernos a los visitantes blancos. Se acercaban cautos, pero rápidamente tocaban o rozaban el brazo o, de un salto, el cabello de los visitantes. En estas zonas del interior, se había retomado o continuaba el respeto a los jefes locales y era un buen comienzo ofrecer nueces de cola en la cabaña del jefe antes de solicitar permiso para visitar el lugar. Para un extranjero, aventurarse por algunas zonas de los distritos de Kailahun, Kenema y Kono, especialmente en las zonas con actividad minera dedicadas a la extracción de diamantes, resultaba más problemático.

★★★★★

Baptiste aprovechaba los fines de semana o algunas cortas vacaciones para visitar el país. La península de Freetown tenía unas playas de arena blanca y fina entre el mar y la vegetación densa y verde, en la que ocasionalmente aparecían claros ocupados por pequeños grupos de cabañas de madera y paja. Allí vivían pescadores que disponían los cayucos y las redes en la playa. Baptiste se sintió transportado a un mundo más simple y tranquilo que el de la ciudad; el tiempo podía pasar inmutable sin necesidad de hacer algo. A mediodía, podía acercarse algún hombre salido de la nada preguntando si deseaba comer pescado. Podían ofrecer lo del día; la barracuda asada era su plato preferido.

En contraste, la selva penetraba en el agua formando densos manglares casi impenetrables en las zonas costeras de los distritos de Moyamba, Bonthe y Pujehun, en el sur, y de Port Loko y Kambia en el norte de la península de Freetown.

En la selva de la península, Baptiste visitó el Santuario para la Recuperación de Primates de Tacugama, que albergaba chimpancés recuperados de la cautividad, animales enfermos y crías huérfanas cuyos progenitores habían sido cazados como alimento o para su venta. Los chimpancés ocupaban una zona amplia de la selva con espacios diferenciados; en primer lugar, la zona de recogida y adaptación consistía en recintos pequeños con los animales separados, en donde se les alimentaba y cuidaba; en la segunda, los espacios eran más amplios y convivían varios ejemplares, principalmente hembras y machos jóvenes, donde se acostumbraban a la vida en comunidad; la tercera zona era una extensión en la selva donde los animales circulaban libremente. Los machos adultos en sus jaulas eran agresivos y peligrosos; con sus colmillos podían herir gravemente e incluso matar a un ser humano.

Una de las cuidadoras, con experiencia en las reservas naturales de Uganda, llevaba un largo tiempo viviendo en una cabaña en el santuario. Hablaba con los animales utilizando gruñidos y movimientos faciales semejantes a los de los primates. Baptiste no entendió si aquella comunicación tenía una base real o era un intento fallido de buscar cierto intercambio de emociones entre los chimpancés y ella. En cualquier caso, se sintió intrigado frente a la posibilidad de que el ser humano pudiera comunicarse con otros primates.

Los chimpancés no soportaban las miradas fijas y respondían con nerviosismo. Los ojos parecían querer transmitir algo que se perdía por el camino de la mirada. Seguro que se trataba de emociones o sentimientos que en algún momento podían vencer la barrera de la incomprensión.

El camino de regreso por la carretera estrecha de la selva estaba bloqueado por un árbol caído. Detuvieron el coche y vieron una figura que se movía entre las ramas. El chófer salió del coche y se acercó con una botella ofreciendo agua. Entre las ramas, salió un hombre temeroso; había cortado ilegalmente un árbol que había caído en el lado equivocado. El hombre estuvo varias horas cortando ramas con un hacha para que el coche pudiera pasar. El incidente no hubiera tenido mayor importancia si no fuera por el hecho de que Bruno, un chimpancé macho, se había escapado de la reserva y todavía no había vuelto, ni se sabía de su paradero.

THOMAS PATEL

Baptiste recibió una visita durante el tiempo que estuvo en Freetown. Era un amigo inglés, que había conocido en una central termonuclear al sur de Bélgica hacía unos treinta años y con el que había consumido litros de distintos tipos y marcas de cerveza durante la semana que estuvieron juntos. Thomas Patel era un hombre peculiar cuyo aspecto no había cambiado en todos aquellos años, excepto cierta lordosis dorsal y mayor delgadez en sus manos de dedos finos, siempre en movimientos pausados.

Thomas estaba en Guinea Conakry; había conseguido un visado para entrar en Sierra Leona. Baptiste fue a recogerlo al el aeropuerto con el coche. Embarcaron en el transbordador y llegaron a la ciudad. Thomas Patel seguía vistiendo un traje gris oscuro, casi negro, camisa blanca deslucida y una corbata con un nudo minúsculo. Seguía viajando con una maleta pequeña, semejante a una cartera escolar, que tenía unas ruedas y de la que salía un mango para poder arrastrarla con facilidad. El objeto más importante, entre sus enseres de viaje, era una tetera, que también servía como recipiente para el jabón, el cepillo de dientes, una maquinilla de afeitar de cuchilla y un peine, que quedaban protegidos con calcetines y con ropa interior. Era difícil imaginar la higiene personal de Thomas, aunque nunca olía raro o se mostraba sucio. Las charlas entre ellos, alimentadas con varias botellas de Salone y Star Lager, eran interminables.

Baptiste y Thomas aprovecharon unos días para hacer turismo en Tiwai Island, un santuario de vida salvaje en el río Moa. Tomaron la carretera de Bo, después hacia el sur hasta Potoru, y de allí hasta el embarcadero. Las instalaciones para amantes de la naturaleza en la isla consistían en unos barracones de obra, techos de madera y hojas de palmera, y una zona común que servía de lugar de reunión y comedor. Las camas eran viejas y sucias, pero la comida, que transportaban diariamente desde las cocinas de la orilla del río, siempre era abundante: arroz, fufú, pollo, plátanos, naranjas y papayas; en el desayuno, tenían zumo de jengibre con azúcar y especias, que llamaban cerveza de jengibre.

A primera hora de la mañana, se levantaron sigilosos y fueron a explorar los senderos de la isla. Era muy difícil ver animales grandes y solo ocasionalmente adivinaban movimientos de primates en las copas de los árboles; no vieron ni un solo mono en tierra. Sin embargo, Thomas vislumbró, en tres ocasiones, unas manchas de color rojizo saltando entre los árboles, que rápidamente comunicó a Baptiste como monos colobo.

Los árboles eran gigantescos, magníficos. La vida de insectos en el suelo y en el follaje era formidable con unas especies de gran tamaño. Encontraron excrementos de alguna clase de animal que no supieron identificar, aunque sabían de la existencia de ratas, musarañas, ardillas, nutrias y mangostas. Cientos de especies de pájaros rondaban entre los árboles.

El día siguiente, lo emplearon caminando por senderos al alba. Con prismáticos, era posible ver los movimientos de algún grupo de colobos de unos ocho o diez individuos por encima de los 80 metros en las ramas altas de los árboles, y también gran cantidad de pájaros.

Los guías distinguían las distintas especies de monos con relativa facilidad; había colobos rojos, colobos blancos y negros, colobos oliva, monos diana y monos de Campbell de dorso grisáceo.

Por la tarde fueron hacia el río y, con una canoa con motor fueraborda, ascendieron un tramo y dieron la vuelta a la isla. Las riberas eran exuberantes.

De vuelta al campo base, encontraron a un mando del ejército británico que había acudido de visita. El *jeep* que lo transportaba lo había dejado en la orilla continental y debía pasar a recogerlo dos días más tarde. El militar era alto, fuerte, musculado, con el cabello muy corto, sin barba. Reflejaba una tremenda vitalidad, casi anómala. Estaba en sus cosas y no prestaba atención a los otros dos ocupantes de los barracones.

Thomas pareció reconocerlo y se acercó:

—¿James Curtis, Jimmy?

El otro se volvió y, con una gran sonrisa, lo abrazó.

—¡Thomas, Tommy Patel! ¿Qué haces por aquí? ¡Cuántos años sin vernos!

Charlaron hasta pasada la medianoche. Se conocían de los años escolares; Jim era el hermano menor de Darvin Curtis, el mejor amigo de la infancia y adolescencia de Thomas. Habían crecido juntos en Reading. Ahora, frente a la selva inmensa, recordaban las escapadas al río Kennet y a las lagunas hasta Sheffield Bottom, donde avistaban pájaros. Allí no había monos. ¡Cómo había cambiado todo aquello!

Al día siguiente, Jimmy apareció con un pantalón corto marrón y verde, una chaqueta de camuflaje y una gorra con visera. Seguía vistiendo botas, a pesar del tremendo calor y de la nula necesidad de estar con uniforme. Fue hacia el río, se quedó con el pantalón corto y se lanzó al agua, nadando una y otra vez hasta la orilla opuesta para volver a la pequeña zona de arena donde los dos brazos del río se separaban en el norte de la isla. Después, comenzó a nadar río arriba con unas brazadas poderosas, acercándose a las orillas para descubrir algún animal escondido. Regresó a la playa, más potente que antes de su partida: el tórax, el abdomen, los brazos y las piernas mostraban unos músculos abultados, tensos. Con voz fuerte, confesó que no había encontrado ningún hipopótamo enano y tampoco cocodrilos. Baptiste apuntó que los hipopótamos enanos son muy escasos y solo pueden verse, con suerte, por la noche.

Aquella misma tarde, el militar llamó a un subordinado diciendo que pasase a recogerlo en la orilla a las ocho en punto de la mañana para regresar a Freetown.

Tommy y Jimmy se despidieron con un abrazo afectuoso. Prometieron escribirse, pero ninguno dio dirección de contacto al otro. James Curtis saludó a Baptiste Willems y salió disparado al embarcadero para zarpar de pie en la canoa hasta la orilla continental.

★★★★★

A inicios de 2011, Baptiste dejó Freetown por unos días para resolver su problema personal de confirmación de paternidad sin saber que no iba a regresar en los próximos doce años. Por segunda vez, y por motivos distintos, la ilusión de tener una familia se había desvanecido. No lo volvería a intentar.

No teniendo autorización para regresar a su domicilio en Freetown, se quedó en Bruselas, alquiló un apartamento en el barrio de Ixelles, esta vez en los bajos de una casa de ladrillo cercana a Porte de Namur. Allí esperó un nuevo destino.

Durante aquel período, llevó una vida relativamente solitaria, aunque visitaba antiguos compañeros y conocidos. Leía libros de historia que le apasionaban y seguía los acontecimientos históricos con la ayuda de mapas y con estudios de sociología para tener una visión lo más realista posible de cómo se vivía en cada época y en cada lugar. Le gustaba la historia comparada y el análisis de las razones geográficas, políticas, sociales y ambientales que sucedían en relación con un episodio particular. A veces, para distraerse de tanta lectura, iba al cine a dos pasos de su casa.

Baptiste se comportaba como un espectador atento y, como siempre, detallista y meticuloso; interesado por la realidad, pero alejado de ella por temor a que los hechos pudieran incidir en su vida personal. Se sentía vulnerable pese a su aparente desapego; reconocía que la actitud distante era un reflejo de su fragilidad. Después de tantos años y tantas experiencias, continuaba siendo el mismo que había abandonado Bruselas en 2008.

Denisse Petit-Moreau

Baptiste permaneció en Bruselas un año. En este tiempo solicitó nuevas colocaciones a la Comisión Europea. Fue enviado en 2012 a Addis Abeba, donde vivió hasta su jubilación adelantada a los 60 años, a finales de 2018.

La Sra. Denisse Petit-Moreau era la responsable de la Delegación de la que dependía Baptiste. Era francesa, delgada, elegante, contenida y aparentemente atareada, pero dispuesta a conceder unos minutos a Baptiste. Se presentó con una sonrisa y un saludo formales y le comunicó cuál sería su despacho y sus principales tareas durante los primeros días para que fuera adaptándose al funcionamiento. Lo acompañó por la sede y lo presentó al personal de expatriados y locales.

En privado y desde el primer día, la Sra. Petit-Moreau le hablaba en francés con acento parisino. Baptiste no llegó a saber si el motivo era porque ella era francesa o él belga.

Durante los primeros meses, su función era la tramitación de documentos de colaboraciones en curso. La utilidad de Baptiste se limitaba a acuerdos menores, como la realización de cursos compartidos, alumnos que podían ser recibidos en distintos países para mejorar su formación o aprobación de seminarios para analizar la mejora de la sanidad en áreas rurales y en la capital. También un complejo papeleo de medidas encaminadas a regular la emigración de etíopes a países europeos y su repatriación, en caso de que no se cumplieran los permisos para emigrar al nuevo país.

Baptiste no era una persona nocturna. Sin embargo, le habían hablado de la noche de Addis Abeba como muy dinámica y alegre. Fue a algunos clubes donde profesionales bailaban tipos distintos de danzas. También podía bailar el público. Fue a clubes nocturnos donde había grupos animados que disfrutaban alegremente. No era difícil encontrar prostitutas caras en clubes de la capital. La vida nocturna multiplicaba su sensación de soledad; decidió no acudir si no se trataba de un encuentro social obligado.

Solicitó una entrevista con la Sra. Petit-Moreau que tardó tres semanas en ser efectiva. En la reunión le expuso su trabajo previo y sus capacidades, y solicitó una ocupación más de acuerdo con su experiencia. La Sra. Petit-Moreau escuchó, estuvo en silencio un rato y le contestó que tenía pensado encargarle unos informes de proyectos en marcha para su valoración. Se trataba de labor de campo que requería días de trabajo fuera de Addis Abeba, y una cuidada información y actualización de toda la documentación sobre el proyecto, avances, deficiencias, fallos y modos de resolverlos que se habían realizado hasta el momento. Esto último requería acceso a los archivos de diferentes departamentos de la Delegación.

Baptiste salió con una sensación extraña; la señora no le había mirado a los ojos ni un solo momento y su encargo fue en un tono frío y distante; solo en la despedida le ofreció un alargamiento de los labios que podía remedar una sonrisa.

Tres días más tarde tenía sobre la mesa la propuesta de un viaje al valle del río Moa, en el sur de Etiopía, para analizar el funcionamiento y el impacto de las centrales hidroeléctricas Gilgel Gibe y el embalse de Koysha sobre las poblaciones locales, y los planes de convertir aquellas regiones en áreas de cultivo no dependientes de la presencia o escasez de lluvias.

El informe de Baptiste fue preciso y efectivo, pero quiso puntualizar varios aspectos: la dificultad en la relocalización de distintas tribus afectadas por la ocupación de zonas para regadío. La política equívoca sobre los indígenas al pretender abolir costumbres que se consideran inapropiadas, como los ritos de paso de la adolescencia a la madurez, mientras que se proponía mantener el exotismo de pinturas, indumentarias, aros y marcas cutáneas; la existencia de una marcada pobreza cultural y en medios sanitarios de la región; y el desequilibrio de los presupuestos a la asistencia en comparación con la inversión en ayudas para la producción de electricidad y de riqueza.

La responsable quedó satisfecha con el trabajo, pero en el informe definitivo con el membrete oficial constaba la firma de ella con mención de su cargo, pero ninguna referencia a las personas, Baptiste y otros colaboradores, que habían producido el trabajo. No era la primera vez que eso sucedía. La firma de Baptiste aparecía en documentos menores de circulación interna, pero nunca en expedientes que estuvieran dirigidos a instituciones externas o a un público foráneo. Un comportamiento similar ocurría con otros miembros de la Delegación. En otras ocasiones, los informes permanecían durante semanas encima de la mesa de la responsable de la Delegación sin dar ninguna explicación.

Durante el primer viaje al sur, y en otros que realizó con diferentes conductores, un ofrecimiento constante, más o menos velado o claramente explícito, era si tenía interés en conocer mujeres etíopes a precios muy asequibles; incluso si quería tener relaciones con niñas. En todos los casos, se trataba de visitas a zonas desprotegidas. La prostitución, incluida la infantil, era una manifestación de miseria de la que todos podían obtener un beneficio. La prostitución infantil le repugnaba con mayor fuerza. Aquí, todo quedaba cubierto por el secreto, por la segura impunidad de poder violar a una niña avasallada.

A medida que transcurría el tiempo, Baptiste se encontraba más despegado de sus funciones laborales; cumplía correctamente con sus obligaciones, pero iba perdiendo la ilusión por su profesión y por su entorno en la ciudad. Estaba decepcionado de su

trabajo y de sí mismo. Baptiste se acostumbró a las bebidas alcohólicas fermentadas locales, especialmente, a la cerveza local, *tella,*
que tenía un sabor y consistencia diferente según el origen. Bebía
mucho, aunque en ningún momento perdía la noción de sí mismo; tan solo se acostumbró a un estado, si no placentero, al menos,
confortable. En algún momento intuyó que aquel estado podía
derivar en una depresión. Con el objetivo de evitar un posible
estado mental ruinoso, y con la ayuda de ensoñaciones alcohólicas,
se le despertó el anhelo de viajar por el simple placer de vagar
sin conexión con el trabajo.

Estaba en Etiopía y todavía no conocía el norte del país.
En vacaciones, Baptiste adquirió billetes para vuelos internos
y alquiló un coche con chófer, a cuenta propia, para visitar las
regiones del norte. Desde Addis Abeba viajó directamente en
avión a Mekele, la capital de Tigray, y de allí en coche a Aksum.

El paisaje de Tigray era el de la temporada de lluvias, verde,
con áreas de campos de cultivo y áreas de bosques; había ganado
de ovejas y cabras. Lo más llamativo eran las iglesias excavadas en
la roca. No lejos de allí, unos niños se le acercaron para venderle
fósiles de almejas. Se los quedó encantado. El día era lluvioso y,
una vez hecha la transacción, los niños desaparecieron volando.
Las almejas fósiles le llevaron a imaginar que aquellas tierras altas
habían sido un mar millones de años antes.

Había oído hablar de Lalibela, pero las grandes iglesias excavadas en la roca a nivel del suelo lo dejaron hechizado. La Iglesia
de San Jorge era la más deslumbrante, pero las otras tenían una
magnificencia individual que despertaba una profunda espiritua-
lidad. Las creencias seguían presentes en los visitantes devotos y
en las personas que portaban cubos y botellas grandes de plástico

para bendecir el agua que contenían. En las paredes laterales de la roca se abrían agujeros que habían sido las viviendas permanentes de eremitas. Algunas se tapiaban. La persona voluntariamente recluida recibía los alimentos de sus familiares por una pequeña ventana. Se imaginó eremitas desarrapados con grandes ojos etíopes, grandes y negros, recorriendo los espacios oscuros entre sus guaridas y la roca de las iglesias. Corrían para desentumecer la carne agarrotada, intentando no ser vistos por otros espectros en las noches cerradas.

En Lalibela, como en otros lugares del norte de Etiopía, había salas de café, unas construcciones pequeñas, rectangulares, con un fogón en el centro y bancos en las paredes laterales. Adosada a la habitación principal había una pequeña dependencia donde se molían los granos de café que iban a ser utilizados, se tostaban y se preparaba la bebida en el hornillo de la habitación principal. La elaboración de cada ronda de café podía durar casi veinte minutos; mientras, los consumidores esperaban sentados en los bancos. En estos lugares se sentía formar parte de un grupo de personas compartiendo un rato de compañía.

Por carretera desde Lalibela, Baptiste fue al lago Tana y desde su orilla sur hasta las cataratas del Nilo Azul y después a Gondar y a la ciudadela real amurallada. Aquellos días y noches en Gondar coincidieron con las celebraciones del Año Nuevo; los mercados estaban llenos de corderos para la venta y sacrificio durante las fiestas; las campanadas y oraciones, con una intensidad multiplicada por los altavoces, se extendían desde las torres por toda la ciudad. Imaginó que regateaba la compra de un cordero; veía los testículos que le recordaron tiempos infantiles en que los comía a menudo en láminas enharinadas, fritas y crujientes.

Después se imaginó con el cordero comprado sobre los hombros llegando a casa. Alguien lo desollaría y lo prepararía para la gran celebración en familia.

La última excursión fue al Parque Nacional de las Montañas de los Monos. Anduvo junto al guía armado por las crestas y cañones, en medio de bosques rodeados de nubes y nieblas. Después de un largo rato de marcha, se detuvieron en un prado para desayunar. Aparecieron unas aves que se lanzaban velozmente a picar los trozos de pan que caían al suelo. Era un poco inquietante tener aquellas aves tan cerca y tan dispuestas a llevarse algo que comer. Preguntó el nombre, pero el guía ni se inmutó. Las aves le parecieron cuervos. Con desgana les echó unos trozos de pan. El guía lo amonestó.

Llegados a unos altiplanos, avistaron cientos de geladas, que se distinguían por el pecho rojo más marcado en los machos. Se acercaron y los animales no se molestaron por su presencia; tampoco mostraron ninguna agresividad.

Los geladas se comunican unos con otros de una manera intencionada mediante modulaciones del tono y volumen de la voz producida por chasquidos de los labios; son capaces de mantener conversaciones entre ellos con un mecanismo distinto al de los humanos, que se sirven de las cuerdas vocales en la laringe para emitir la voz. De la misma manera que había visto hacer a la cuidadora de chimpancés en el Santuario Tacugama en la península de Freetown, Baptiste se puso en cuclillas y, a cierta distancia de un grupo de monos que comían tranquilamente, comenzó a emitir unos chasquidos con los labios.

Resultado nulo.

El viaje le dejó un ánimo alicaído, quizás triste; había visto muchas cosas interesantes, incluso fabulosas, pero los días de descanso sin compromisos laborales lo habían agotado al hacer emerger una sensación profunda de soledad. Sus pensamientos eran cenizos, vacíos de esperanza; al sentir su deterioro iniciaba una respiración pausada para calmarse.

LUCY

De vuelta a la capital desde el aeropuerto de Gondar, Baptiste visitó el Museo Nacional de Etiopía. Allí vio el esqueleto de Lucy, una mujer de unos 20 años que tenía una antigüedad de algo más de tres millones de años. Medía poco más de un metro y debía de haber pesado unos veintisiete kilos. Se parecía al esqueleto de un chimpancé, pero por la disposición de los huesos de las caderas y de las piernas se sabía que caminaba de pie. Se decía que las fracturas de los huesos podían haberse producido por la caída de un árbol. Cerca de Lucy, otra vitrina mostraba los restos óseos de Selam, otro esqueleto de una especie que nos había precedido millones de años y que había desaparecido.

Baptiste pensó que en unos pocos millones de años de la vida en la Tierra habían ocurrido millones de ciclos de nacimientos, existencias y muertes. El ser humano aparecía en el último momento, pero nada indicaba que no se tratase de una especie transitoria como las demás. Se preguntó, como en otras ocasiones: «¿Todo este derroche de vidas, para qué? ¿Qué objetivo tiene?».

Al anochecer, sentado en una butaca de su casa y con la última cerveza al lado, divagaba acerca de su elección si hubiera sido otra especie animal. A veces, se le ocurría ser un ave volando libremente en lo alto del cielo; otras, imaginaba cómo se sentiría siendo un erizo o una tortuga. En los últimos tiempos habían aumentado sus circunloquios y fantasías como mundos paralelos al real. No eran alucinaciones, sino ilusiones vívidas. A menudo hablaba para sí mismo, lo que interpretó como una manifestación de senilidad. En parte debía de ser vejez; hacía tiempo que se le había empezado a caer el cabello, la cara se había redondeado y tenía una papada pendular; la barriga se había convertido en algo más que una loma, todo su cuerpo se ensanchó y tuvo que ir reponiendo su vestuario. Sin embargo, y quizás debido a su moderada actividad física, no había sufrido nunca una enfermedad grave. Tomando distancias, se vio a sí mismo diciendo que su carácter solitario no tentaba a los microbios y otras alimañas. Sonrió con la ocurrencia, pero inmediatamente se cortó, avergonzado de su autocompasión lastimera.

Grace Kaikai

La pandemia de ébola en Sierra Leona se inició en las zonas fronterizas con Guinea y Liberia a principios de 2014, para extenderse rápidamente a mediados del mismo año a Kailahun y poco más tarde hasta Freetown. El estado de emergencia nacional se declaró en julio de 2014. Todas las provincias del país: este, norte, sur y la península estaban afectadas.

Los mayores problemas eran la facilidad de contagio del virus, el hacinamiento, la falta de recursos sanitarios y la dificultad de aislamiento. La falta de recursos sanitarios resultó dura para los sanitarios y los enterradores; no disponían, apenas, de medidas de protección: guantes, gafas, batas y mascarillas. Los enfermos se apilaban en los centros sanitarios, o morían en sus casas o en la calle. Hubo ayuda puntual de algunos países que no llegó a ser distribuida apropiadamente por falta de recursos de intendencia. Hubo muchos doctores, enfermeros y sanitarios locales de ambos sexos y colaboradores extranjeros que murieron en un intento generoso de salvar a la población. Baptiste recordaba a un misionero español, médico, que conoció en un viaje al hospital de St. John of God en Mabesseneh, cerca de Lunsar. Era el hermano Manuel Viejo, un hombre trabajador, eficaz y sensible con los enfermos, y generoso, que enfermó de ébola y fue trasladado a su país de origen, donde murió.

Para empeorar las cosas, otras enfermedades como tuberculosis, malaria, disenterías y otras infecciones, así como intervenciones quirúrgicas, no pudieron ser atendidas, lo que hizo aumentar la mortalidad colateral de la pandemia de ébola. No había camas para cuidar a los enfermos. Se crearon zonas pequeñas de aislamiento para tratar a grupos reducidos. La Sra. Grace Kaikai actuó como colaboradora asistencial en una de estas áreas de aislamiento en la capital. En uno de estos centros, la señora Kaikai reconoció a Kumbah y, poco más tarde, a Binter como infectadas por el ébola.

La señora Grace Kaikai había sido la secretaria de Baptiste en el departamento, y fue la única persona que se preocupó en saber qué ocurrió con la familia desalojada después de su episodio de paternidad frustrada. Fue ella quien llevó a cabo el mandato de expulsión de un total de veintiocho personas que habían ocupado su casa, y de la recuperación y envío de sus bienes al nuevo domicilio en Bruselas.

Baptiste le escribió al principio pidiendo disculpas por los inconvenientes que había supuesto el incidente del que se sentía único responsable y le agradeció todo lo que había hecho por él con tanta diligencia. Más adelante, le comunicó su nueva dirección en Etiopía.

La Sra. Grace Kaikai tenía dos hijas y cinco nietas. Hacía su trabajo en la oficina y realizaba las labores de la casa, donde vivía una de sus hijas y tres nietas, y llevaba o recogía a las niñas en el colegio. Era la única persona que tenía un trabajo fijo, y mantenía tanto como podía el sustento y la cohesión de la familia. Baptiste la admiraba por ello.

«¿Cómo puede hacerlo todo?»

Baptiste y Grace Kaikai siguieron en contacto a través de una relación epistolar. Explicaban situaciones de la vida ordinaria, engorros del trabajo, y se ayudaban mutuamente a escribir y leer sus contratiempos y sus alegrías. Nunca llegaron a tutearse.

Un día, Baptiste recibió una carta:

Querido Sr. Willems (Baptiste):
Le deseo lo mejor en el día de su cumpleaños.
Reciba mi confianza en que Dios lo bendiga.
Con cariño,

Grace Kaikai.

¡La Sra. Kaikai conocía el día de su cumpleaños! Se había despedido «Con cariño» en lugar de «Mis mejores saludos». Realmente, la Sra. Kaikai lo apreciaba de una manera parecida a como él la estimaba a ella. Fue la señora Grace Kaikai quien informó a Baptiste, en una de sus cartas, que Kumbah y Binter murieron a finales de 2015, una después de la otra; tenían 38 y 23 años; otros miembros de la familia habían muerto. La Sra. Kaikai tenía noticias de que Aminata había sobrevivido y que el niño Amandú estaba perfectamente. Baptiste, en Addis Abeba en 2016, volvió a preguntarse: «Todo este sufrimiento, ¿para qué?».

FREETOWN

A principios de 2019, Baptiste, jubilado y de vuelta a Bruselas, se instaló en otro apartamento, también en Ixelles, pero esta vez más cercano a Etterbeek. El barrio era su costumbre, no se acercaba nunca al centro y tampoco a la zona que había sido su lugar de trabajo durante años. Ixelles era como una pequeña ciudad de provincias; no necesitaba nada del resto de la ciudad.

Pocos meses después se extendió la pandemia de COVID en Bélgica y en todo el mundo. Los años de la pandemia fueron terribles para él; transcurrieron en el aislamiento de su apartamento; no salía de casa durante días, muchas veces con la televisión en funcionamiento desde el momento de levantarse hasta la noche; mantenía ocasionales contactos telefónicos relacionados con pedidos para su supervivencia y escasas llamadas para mantener algún tipo de contacto humano. Era una vida letárgica. Baptiste continuaba interesado en lo que sucedía en el mundo, pero los acontecimientos le parecían más lejanos. Bebía bastante, demasiado, aunque nunca llegaba a perder la conciencia ni la autonomía; nunca se embriagaba, jamás se hubiera tolerado a sí mismo ir más allá de un estado nebuloso y cómodo que favorecía la ensoñación.

La Sra. Kaikai murió de COVID en 2020, poco antes de Thomas Patel por la misma causa. Baptiste se encontró perdido. Había contado con algunos conocidos a lo largo de su carrera, pero con escasos amigos o personas por las que sintiera cariño o que hubieran experimentado por él algún tipo de afecto. Reconoció apesadumbrado que, con la muerte de Grace y de Thomas, había perdido a dos auténticos amigos.

A inicios de 2023, Baptiste, cansado de Bruselas y de Europa, decidió volver al lugar donde había transcurrido una parte de su vida y que tanto cambió la que había sido hasta entonces su existencia. Rememoró, ahora idealizada, la África negra subsahariana con el paisaje de Sierra Leona. Sin comprender el motivo, sintió nostalgia por aquel país a la vez que un desapego por Bruselas y su recurrente barrio de Ixelles. Tenía una pensión más que suficiente para ir donde quisiera y se sintió liberado para partir.

Compró un billete de ida para Freetown e hizo una reserva en uno de los viejos hoteles lujosos de Aberdeen, ahora rehabilitado. El hotel estaba ocupado principalmente por blancos, la mayoría hombres solos o parejas, raramente mujeres solas. Había una familia de indios y escasos chinos; los últimos quizás preferían alojarse en el hotel Bintumani.

Allí descansaba, ojeaba algún periódico, veía la televisión, leía y ocasionalmente tomaba un taxi para dar una vuelta por la ciudad. Algunas pocas mañanas, iba a la piscina con un sombrero panamá y se relajaba viendo el agua y tomando cervezas.

Comía en el hotel, de preferencia recetas locales que le recordaban tiempos pasados: estofados de hoja de yuca con aceite de coco o guisos de cacahuete, acompañados de arroz blanco o *jollof*, seguidos de fruta; cerveza Mutzig o Star Lager como bebida acompañante.

Desde su lugar acomodado, Baptiste podía comprobar las diferencias entre la zona de hoteles y residencias de Aberdeen y algún punto de Lumley Beach, y prácticamente el resto de la ciudad. Aun considerando unas nuevas construcciones y el asfaltado de algunas calles principales, el aspecto destartalado de la ciudad había cambiado poco. Baptiste pensó en su barrio de Ixelles, en Bruselas, y en las profundas diferencias que dividían mundos diferentes. Con el tiempo, no tuvo ningún interés en hacer visitas por la ciudad o por la península; no encontraba en los paseos ningún motivo ni ningún placer. En mayo de 2023, una tormenta destruyó el Cotton Tree de Freetown. Se le calculaba una edad de 400 años. Con la caída del árbol aumentó el sentimiento de su propia decadencia.

Un día, un chico de unos 12 años salió de unos setos y se lanzó, en bomba, al agua de la piscina en la zona que no le cubría. Inmediatamente, un camarero negro, joven y grueso, salió gritando sin aparente enfado. Baptiste los siguió atento con la mirada y los oídos. Le pareció entender:

—¡Amadú! ¡Amadú! ¡Sal de la piscina! Te lo he dicho muchas veces; ¡la piscina es exclusiva para los huéspedes y para las personas que pagan el baño!

El chico era negro como el carbón negro, tenía unos ojos negros brillantes que penetraban a quien miraba y una sonrisa de satisfacción por haber conseguido burlar, en apariencia, al vigilante.

El chico salió del agua y chocó palmas con el camarero. Un poco más tarde, el hombre empezó a conversar con una joven que trabajaba en el hotel:

—¡Aminata, tienes que vigilar a tu hermano! ¡Un día no sabremos qué responder y nos van a echar a la calle! —lo decía con decisión, pero con afecto.

Ella miró a un lado y a otro para comprobar que en los alrededores había únicamente la figura irrelevante de un hombre sentado en un sillón, con sombrero panamá, tomando cervezas. La mujer cogió la mano y abrazó con una sonrisa al hombre negro al que llamó Umaru.

Baptiste retuvo el aspecto de la joven, que tendría unos 27 o 28 años, y recordó la imagen de una Aminata que había conocido cuando ella tenía 13 años. Podría ser la misma persona. Volvió a ver la cara del chico y reconoció la mirada de Kunbah.

¡Criub! Criub! ¡Prrrit! ¡Prrit! ¡Prrit! Y aleteos de pájaros en los árboles que rodeaban el lado oeste de la piscina lo despistaron un momento.

«Los pájaros siempre están diciéndose muchas cosas, pero no hay manera de saber de qué hablan».

Volvió a mirar al lugar donde había oído las voces; no había nadie.

Baptiste se quedó inmóvil en su sillón; parecía imposible, o quizás aquellas semejanzas nacían de su imaginación. Hubiera sido muy sencillo levantarse y preguntar en el hotel por un trabajador o sirviente llamado Umaru que unos momentos antes estaba en el recinto de la piscina. Hubiera sido posible seguir el rastro de aquella aparición si lo hubiera deseado.

«Suponiendo que entrara en contacto con ellos pensando en el chico, ¿qué le diría? "Amadú, yo fui tu padre antes de que nacieras;

cuando naciste, dejé de serlo". O bien, los acecharía en secreto y averiguaría aspectos de su vida, como un espía, entrometiéndome en su intimidad. Ninguna de las dos opciones sería correcta».

Baptiste intentaba seguir los acontecimientos en Etiopía a través de las pocas noticias que se emitían, la mayoría facilitadas por el propio gobierno central. La hostilidad entre el gobierno estatal y el gobierno regional de Tigray no se había reducido en los últimos años. Más aún, los enfrentamientos se habían recrudecido por ambiciones políticas contrapuestas. El nacionalismo centralista se enfrentaba por enésima vez al nacionalismo de Tigray, que creía ser el origen histórico de la nación etíope, y exigía un protagonismo mayor en el gobierno del estado.

La guerra de Tigray se inició en noviembre de 2020. Durante los meses siguientes, los enfrentamientos se sucedieron con una crueldad inusitada argumentada como necesaria para la eliminación de los grupos terroristas regionales, y dirigida a anular definitivamente el Frente de Liberación de Tigray y cualquier intento de resurgimiento posterior. La guerra de Tigray causó más de 600.000 muertos en dos años; miles de refugiados; y destrucción de las estructuras sociales, culturales y sanitarias de la región. Como en la mayoría de las guerras, las torturas sexuales y las violaciones a mujeres de cualquier edad eran parte del botín de guerra, una parte sustancial del mismo y de consumo inmediato por los vencedores. Miles de personas en las regiones de Tigray y Amhara sufrieron hambre y murieron por falta de comida. Se cerró toda comunicación en la zona en guerra, de modo que se produjo un aislamiento informativo entre la región sitiada y el exterior. La misma crueldad en la actual Etiopía que en Sierra Leona años antes.

Baptiste había leído recientemente una frase que le llamó la atención: «A veces una historia no tiene un sentido inmediato; uno ha de escucharla y retenerla en el propio corazón, en la sangre, hasta que un día se vuelve útil».

Intentó ajustar aquella frase a los conflictos de Sierra Leona y Etiopía; no le pareció aplicable. Pensó luego en su vida, en sus ilusiones escondidas y nunca llegadas a buen término, en sus repeticiones, en su candidez y fragilidad, se preguntó: «¿Dónde está el sentido de mi historia?». Y tampoco aquel pensamiento le pareció aprovechable.

En su retiro, una tarde, Baptiste recordó la primera vez que vio a Lucy en Addis Abeba. Empezó a imaginar un diálogo entre los homínidos que la sustituyeron, los geladas, y los chimpancés del Santuario de Tacugama que escaparon en 2006, dirigidos por el macho alfa Bruno, que no regresó jamás. Despacio, los pensamientos se fueron dispersando y le entró una tranquila somnolencia. Se acercó sonriendo Amadú, que salía de la piscina. Baptiste se quedó dormido en el sillón.

Agradecimientos

Quiero agradecer a las personas que me han ayudado a escribir estas narraciones. Ellas saben a quiénes me refiero y espero
que comprendan que no diga sus nombres para evitar que las
malas críticas, por parte de posibles lectores descontentos, puedan
caer sobre ellas. Como excepción, deseo mencionar mi cariño,
gratitud y respeto por Joana Castells Savall por su estimable apoyo.

Índice